Lena Naumann

# Mariam geht fort

Gryphon Verlag

Alle Figuren der Erzählung *Mariam geht fort* mit Ausnahme der aus der Überlieferung bekannten historischen Persönlichkeiten sind Erfindungen der Autorin. Keine ist mit einer lebenden oder verstorbenen Person identisch. Auch decken sich beschriebene Episoden nicht mit tatsächlichen Vorgängen.

1. Auflage 2014


Umschlaggestaltung, Typographie und Satz: Knotenpunkt-Agentur, Eglharting
Umschlagabbildung: »Das letzte Abendmahl« (Ausschnitt). Portugiesische Schule, Manuel Pereira, um 1652, Städtisches Museum Funchal, Madeira
Druck und Bindung: Tutte Verlagsservice, Salzweg bei Passau
Printed in Germany
ISBN 978-3-9815426-1-5

Simon Petrus sprach zu ihnen:
»Mariam soll von uns weggehen!
Denn Frauen sind des Lebens nicht würdig.«
Jeschua sprach:
»Seht, ich werde sie erziehen,
um sie männlich zu machen,
damit auch sie ein lebendes Geistwesen wird,
ähnlich euch Männern.
Denn jede Frau, die sich männlich macht,
wird in das Reich der Himmel eintreten.«

*Thomasevangelium, Vers 114*

## Zeitenwende

Plötzlich ergreift der Vogel Schicksal den Menschen und trägt ihn fort in ein neues Land. Sollen wir es einen Zufall nennen?

An jenem Tag, drei Jahre sind seitdem vergangen, saß ich schon viele Stunden am Fluss, als ich Zeuge wurde der Begegnung Jeschuas mit Ioannes, den sie den Täufer nannten. In beiden Männern prallten die alte und die neue Zeit aufeinander wie zwei Steine, die Lea gegeneinander schlägt, wenn sie unser Feuer entzündet. Oft habe ich ihr dabei zugeschaut und gedacht: Warum kann etwas Neues nur durch Zwiespalt entstehen? Und durch Schmerz?
Sehr lange quälte mich diese Frage.

Jeschua stand am Ufer, als ich ihn zum ersten Mal sah. Zunächst war er nur ein Mann aus der Menge, doch etwas an ihm fiel mir auf. An jenem Tag waren die Menschen in Scharen zum Fluss gewandert, um Ioannes zu hören und sich von ihm taufen zu lassen. Jeschua kam erst am Abend, als viele schon gegangen waren. Ich war in Begleitung von Lea zum Jordan geritten. Aus Neugier auf den Propheten, von dem so viele sprachen, als habe er Macht. Nein, taufen lassen wollte ich mich nicht. Ich bin von Natur aus störrisch. Eselchen, sagt Lea manchmal zu mir. Sie kennt mich, seit ich ein Kind war.
Am Ufer setzten wir uns auf einen Felsen und sahen der Menge zu. Ioannes predigte den ganzen Tag. Das Übliche. Umdenken sollten wir und uns taufen lassen, damit uns unsere Sünden vergeben werden. So reden sie immer, wenn sie in Wirklichkeit nichts zu sagen haben. Ich mochte den Mann nicht, fühlte mich unbehaglich schon kurze Zeit, nachdem ich ihm zugehört hatte. Mich störte die Art, wie er aussah, und die Art, wie er sprach. Fleckig und zerrissen hing ihm sein Gewand von den Schultern, ein schmutziges

Kamelfell, von einem speckigen Gürtel zusammengehalten. Alles an ihm wirkte niedrig und arm. An jenem Tag wurde mir bewusst, dass ich wachsam bleiben muss, wenn jemand die Niedrigkeit zum Gebot erhebt. Ich, Mariam aus Magdala, Tochter einer jüdischen Mutter und eines griechischen Vaters, fühlte die Zerrissenheit, die aus der Unvereinbarkeit von Glauben und Denken entsteht. Und dass es zwei Arten von Menschen gibt: die einen denken – was ihnen das Glauben unmöglich macht. Die anderen glauben – was ihnen verbietet, die Dinge zu Ende zu denken. Zu groß ist die Furcht, das Geglaubte könne sich als Täuschung erweisen.
Ich konnte und wollte immer nur denken. Es ist mein Fluch, der mich oft mit den Menschen entzweit, doch gleichzeitig hilft es mir, mich aus dem Gewirr von Unklarheiten, die unser Leben ausmachen, zu befreien.

Was mir an Ioannes zuwider war: dass wir nur erlöst werden können, wenn wir fasten und beten. Mir kam es vor, als ob es ihm Lust bereite, die Leute, auch mich, mit dem Fastengebot zu quälen. Er sah nicht, dass viele Menschen, die zu ihm kamen, ohnehin nicht wussten, was sie am nächsten Tag zu essen haben würden. In mir zog sich alles zusammen, als er sprach.
Welche Sünden hatte ich schon begangen? Ist nicht das Leben selbst für jeden von uns eine Qual, die wir zu ertragen suchen, so gut wir es eben vermögen, und der Buße genug? Für welche Sünden auch immer.
Träge schlichen die Stunden des Tages dahin wie das Wasser des Flusses. Es wurde Abend. Die Stimme des Täufers verlor an Kraft. Dann sah ich Jeschua, dessen Namen ich damals noch nicht kannte und erst viel später erfuhr. Ein hochgewachsener Mann. Wie oft würde ich in den Jahren, die diesem Tag folgten, zu ihm aufblicken, um den Abstand zwischen uns zu überbrücken. Nicht nur wegen seiner Größe und weil seine Augen zwei Handbreit über den meinen lagen.

An jenem Abend trat er ans Ufer, legte sein Gewand ab und ging langsam, die Lenden nur mit einem Tuch bedeckt, auf Ioannes zu. So kann nur einer gehen, der sich seiner selbst sehr sicher ist. Was ich in den folgenden Augenblicken wahrnahm, war das Kräftemessen zwischen zwei Männern, die niemals miteinander ringen wollten, es aber dennoch mussten. Jeder ein Fels, beide von Gewicht. Das Aufeinandertreffen von alter Zeit und neuer Zeit. Mit jedem Schritt, den Jeschua tiefer in den Fluss hineinwatete, wuchs seine Macht und die Kraft des Täufers nahm ab. Wie gebannt schaute ich beiden Männern zu. Meine Müdigkeit spürte ich nicht mehr. Während des ganzen Tages hatten mich die Menschen gelangweilt. Wie Schafe waren sie zu Ioannes getrottet, als ob sie ihr Heil tatsächlich aus den Händen eines Anderen empfangen könnten. Was war das für ein Volk, das sich von einem ausgemergelten und dahergelaufenen Propheten, der sich nur wichtig tat, als Natternbrut bezeichnen ließ! Zorn stieg in mir auf.

Doch was ich nun sah, war etwas Neues, ein Moment besonderer Dichte. Als Jeschua vor dem Täufer stand, die Zeit verlangsamte sich, senkte Ioannes sein Haupt. Für immer prägte sich die Szene mir ein. Die beiden Männer kannten sich. Das war spürbar. Doch sie sagten kein Wort. Es gab keine Sprache zwischen den beiden Welten, die jeder von ihnen vertrat. Man wird sich entscheiden müssen.

Ioannes legte seine Hände auf Jeschuas Schultern und drückte ihn für einen Moment unter Wasser. Als Jeschua wieder empor tauchte, hatte sich etwas verändert, auch in mir.

2 | Tief gräbt sich Gesehenes in die Seele des Menschen. Es beginnt zu wirken, von uns unbemerkt, noch bevor wir darüber nachdenken können.

Zurückgekehrt nach Jerusalem warf mich ein Fieber aufs Lager. Ich fror. In der Nacht schlotterten mir die Glieder. Lea kühlte die

Hitze meines Körpers mit nassen Tüchern. Amme einst, Dienerin jetzt. Sie sorgte sich um mich, seit ich ein Kind war. Obwohl von einer jüdischen Mutter geboren, fühle ich mich nicht als Jüdin, wie das Gesetz es vorsieht. Auch wenn ich in Galiläa lebe, kann ich nicht anders denken und nicht anders empfinden als eine Griechin. Der Vater, enttäuscht über die Geburt einer Tochter, erzog mich wie einen Sohn. Es machte ihm den Schmerz, dass er keine männlichen Nachkommen besaß, erträglicher. Bei der Geburt des heiß ersehnten Erben starb die Mutter und der Bruder auch. Noch keine zehn Jahre zählte ich, als man mir Platons Schriften gab, die ich verschlang. Von da an war ich für die jüdische Erziehung verdorben. Es war die Lust am Hinterfragen, die mich packte und die mir den Respekt vor denen nahm, die das Gesetz zu respektieren befiehlt. Unausgesprochen steht noch immer meine Abneigung gegen die Gebote der Väter zwischen mir und den Anderen. Auch zwischen mir und Lea, die ich liebte. Doch in diesem Punkt konnten wir uns nie einigen. Ihre kritiklose Unterwerfung unter das Gesetz verstand ich nicht. Jedes Mal, wenn Lea geblutet hatte, musste sie in den Mikwen ein Bad nehmen, um wieder rein zu werden, Götter!, und jedes Mal war sie danach für Tage krank. Vor allem in den heißen Sommern, wenn das Wasser der Bäder zu faulen begann und so unerträglich stank wie die Latrinen in der Nähe der großen Mauer. Aber Lea ging trotzdem in das eklige Nass, weil das Gesetz es verlangt. Mir leuchtete es nicht ein, warum eine Frau unrein sein soll, wenn doch nur die Natur in ihr gewirkt hat.

So verweigerte ich mich. Verweigerung war meine zweite Natur. In jener Nacht schüttelte mich das Fieber, und ich klapperte mit den Zähnen, weil mich so unerträglich fror. Glühend vor Hitze und in meinem Geist verwirrt, sah ich das Gesicht des Täufers vor mir und schrie: Wage es nicht, mir zu sagen, was ich tun soll und was nicht. Wage es nicht! Mich schüttelte nicht nur das Fieber, sondern auch mein Widerwille gegen das »Du sollst!« der Väter,

das mich erstickte und es mir unmöglich machte, einfach und natürlich zu leben. Das Gefühl des Ungenügens, weil ich eine Frau bin und weil ich mich – so reden die Priester uns ein – unrein fühlen müsse. Ich fühlte Zorn. Tiefer noch als sonst. Warum soll ich schuldig sein und mich bekehren müssen? Worin besteht meine Schuld? Dass ich, wie alle, versuche, dieses Leben zu überleben?
Das Fieber brannte in mir wie ein Feuer, und viele Stunden kämpfte ich mit ihm, damit es mich nicht verzehrte.
In der Mitte der Nacht hatte ich einen Traum: Ich fühlte mich vom Täufer verfolgt. Er wollte mich gefangen nehmen und rannte mir nach. Ich floh. Am Ende einer dunklen Schlucht stand jener Mann, den ich wenige Tage zuvor am Ufer beobachtet hatte. Ich flehte ihn mit meinen Augen an, mir beizustehen. Im selben Moment, als sich unsere Blicke begegneten, verwandelte ich mich in einen Rosmarinstrauch. Die Hände des Täufers griffen ins Leere und verfingen sich in meinen spitzen Nadeln.
Gegen Morgen rannen Ströme von Schweiß aus meinem Körper.

3 | Wochen später verschlossen wir das Haus in Jerusalem und machten uns auf den Weg nach Magdala. Wie immer, wenn ich mich aufmachte, um in das Haus meines Vaters Isokrates zurückzukehren, nahmen wir einen Umweg über Sepphoris. Ich kenne die Stadt, seit ich ein Kind war. Oft hatte ich an der Seite des Vaters die Märkte besucht und war in den Häusern seiner Freunde ein- und ausgegangen. Sepphoris, das ist der Ort, an dem mein Geist atmen kann, ganz anders als im kleinen Magdala oder im stickigen Jerusalem, in dem an vielen Ecken Männer, die sich für Propheten halten, ihre Heilslehren oder das baldige Kommen des Messias verkünden. Sepphoris, das ist etwas anderes. Dort beginnt die Handelsstraße, die über Magdala und Kafarnaum nach Damaskus führt, Treffpunkt für Händler, Kaufleute und gelehrte Männer, die aus Rom, Athen oder von weit aus dem Osten kommen. Ich liebte das bunte Treiben auf

den Märkten, das Feilschen der Händler und hörte gern den Gelehrten zu, wenn sie an den Straßenecken oder auf dem Vorplatz des Tempels ihre Ansichten über das Leben kundtaten. Aus Sephoris war auch Stephanos gekommen, der mich unterrichtet hatte, als ich ein Kind war, und mir das Lesen der griechischen und römischen Schriften beibrachte, auch die Weisheiten des Morgenlandes. Noch heute lebt er, an Jahren reicher geworden, aber nicht alt, im Haus meines Vaters.

Stephanos ist Gelehrter, aber auch Arzt, und hatte seine Jugend in Epidauros verbracht. Die Frauen des Dorfes riefen ihn manchmal, wenn das Kind einer Gebärenden im Leib stecken blieb und beide zu sterben drohten. Dann kam er und legte seine Hände auf ihren nackten Bauch. Sofort bewegte sich der Leib oder besser das, was darin war, und das Kind glitt heraus in die Hände des Arztes, als ob es nur darauf gewartet hätte, dass er kommt. Ein Wunder, ein Wunder, riefen die Frauen, doch Stephanos schwieg dazu. Er glaubte nicht an Wunder. Er durchschaute die Dinge des Lebens viel zu sehr, um sie für Zauber zu halten. Leben will leben, sagte er mir damals. Wenn ich meine Hände auf den Bauch der Gebärenden lege, spreche ich mit dem Kind. Dann antwortet es mir in der einzigen Weise, in der es in seinem besonderen Zustand antworten kann: Es dreht sich und gleitet mir entgegen. Das ganze Geheimnis besteht darin, dass du immer versuchen musst, dem Lebendigen einen Weg zu bereiten. Dann entwickelt sich alles von selbst.

Oft habe ich Stephanos zu einer Frau begleitet, die gerade in den Wehen lag. Ich war noch ein Mädchen, und viel Frauenleid begegnete mir schon damals. Ich hörte ihre Schreie und sah ihr Blut. Und wie viele Männer sich von den Frauen abwandten, sobald sie Mutter geworden waren. Die Frauen leiden, um Leben zu gebären, doch ihr Lohn ist Einsamkeit.

Damals schwor ich mir, nicht Eva zu folgen, sondern Lilith, und mich dem Los der Frauen zu verweigern.

Metis suchte ich, nicht Hera. Kein Fleisch wollte ich gebären, sondern Geist.

4 | Als Lea und ich in Sepphoris ankamen, stand die Sonne hoch am Himmel. In einem Olivenhain nahe beim Stadttor saß ein Mann, nur wenig älter als ich, umringt von einer Schar Zuhörer. Ich erkannte ihn. Es war derselbe, den ich Wochen zuvor beim Täufer gesehen hatte. Als ich einen Umstehenden nach seinem Namen fragte, sagte er: Es ist Jeschua aus Nazareth, Sohn des Zimmermanns Joseph.

Das Gewand des Mannes war einfach, aber reinlich, seine Sprache ruhig und ohne Vorwurf. Wir setzten uns zu den Übrigen und hörten ihm zu. Schwer ist es, ihn zu beschreiben, auch jetzt, nach all den Jahren, die ich mit ihm verbrachte.

Der Täufer besaß etwas Verletzendes in seiner Natur, er brüllte die Leute an. Jeder, der ihm zuhörte, musste sich bald fühlen, als sei er ein schlechter Mensch. Ioannes liebte es, mit der Angst der Anderen zu arbeiten, um Herrschaft über sie auszuüben. Viele, die sich, wie er, berufen fühlten, gingen ähnlich vor. Ich hielt mich von ihnen fern.

Der Zimmermannssohn war anders. Er ruhte in sich und griff die Menschen nicht an. Sein Bart und seine Haare waren schwarz und fielen ihm bis auf die Schultern; das Gesicht war nicht schmal, sondern eher kantig, aber mit einem Mund, um dessen Lippen die Freundlichkeit spielte. Sein Wesen strahlte Güte aus, doch spürte ich: Auch er war nicht frei von jenem Gefühl der Sendung, das mir an den Juden so überaus zuwider ist. Ihr ständiger Hinweis, sie seien ein auserwähltes Volk und einst werde aus ihnen ein Messias hervorgehen! Götter! Sie erkannten einfach nicht, dass sie die römische Zwangsherrschaft niemals überwinden werden, solange sie immer noch darauf hoffen, dass ein in naher oder ferner Zeit erscheinender Retter sie davon erlösen wird. Als wenn irgendetwas, das von außen kommt, die Verhältnisse wirklich ändern kann. Ein Mann muss in das Gefühl seiner eigenen Kraft kommen, wenn er Macht haben will, das hatte ich von Stephanos gelernt, und mir heimlich gedacht: eine Frau auch. Und ein Volk ebenso. Die Juden sind schwach, weil sie ein Geschlecht sind, das sich selbst nichts zutraut, nur deshalb sind sie leichte Beute für die Römer. Rom, das ist geballter Geist. Er besitzt eine viel stärkere Kraft als dieses wundergläubige Volk in Palästina. »Auf Wunder zu warten ist ein Zeichen von Schwäche.« Den Satz hörte ich von Stephanos, als ich einem der vielen Gespräche lauschte, die er mit Isokrates über das Los der Juden führte.

Manchmal kommen mir die Galiläer und Judäer wie Kinder vor, die auf das rettende Eingreifen eines allmächtigen Vaters warten, statt selbst zu handeln. Darum besitze ich vor den Römern mehr Respekt als vor den Juden.

Jeschua erzählte den Umstehenden, dass er seine Vaterstadt Nazareth besucht hatte und im Zorn von ihr fortgegangen war. Die Bewohner hatten von ihm verlangt, bei ihnen dieselben Heilungen zu vollbringen, die ihm in Kafarnaum gelungen waren. Wenn er ein Prophet sei, solle er es doch beweisen. Aber er hatte es nicht gekonnt. Nun war er erzürnt über sie und gab den Dorfbewohnern die Schuld. Nicht ohne darauf hinzuweisen, dass auch Elias nicht die Aussätzigen Israels geheilt habe, sondern Naaman, den Syrer.

Ach, die Schriften! Sie sind immer für eine Entschuldigung gut. Das Wachs der Gelehrten, lassen sie sich doch kneten und biegen, wie es gerade passt.

Ich schaute dem Rabbi ins Gesicht. Zum ersten Mal. Wenn du nicht heilen konntest, sagte ich ihm, bist du auch kein Prophet. Dann kannst du von den Leuten deines Dorfes nicht verlangen, dass sie dich für einen halten. Wer heilen kann, ist ein Prophet, wer es nicht kann, ist keiner. Beweise zu verlangen, ist das gute

Recht der Leute, schließlich laufen hier genug Männer herum, die behaupten, dass sie Macht besäßen, die Kinder Israels zu befreien, und doch nur Schwätzer sind.
In der Stille, die nach meinen Worten entstand, schaute Jeschua mich an und fragte: Und wer bist du?
Ich antwortete: Ich bin Mariam, Tochter des Kaufmanns Isokrates aus Magdala.
Die Antwort schien ihm nicht zu genügen. Noch einmal fragte er mich: Wer bist du?
Wieder antwortete ich ihm: Ich bin Mariam, Tochter des Kaufmanns Isokrates aus Magdala.
Dann fragte er mich ein drittes Mal: Wer bist du?
Wollte er nicht, dass ich meinen Namen nannte und den Namen des Mannes, der mich gezeugt hat? Nun gut.
Ich schaute in seine Augen, die herausfordernden, und sagte zu ihm: »Ich bin die, die ich bin«.

Da lächelte er und auch mir huschte ein Lächeln über das Gesicht.
Ich bin die, die ich bin.
Dieser Satz sollte unser Erkennungszeichen bleiben.
Einer der Umstehenden empörte sich. Wie kann eine Frau es wagen, den Namen des Höchsten zu entweihen!
Sollten sie sich empören! Es ließ mich kalt.
Doch den Wortwechsel mit dem Rabbi vergaß ich nicht.

5 | In Magdala erzählte ich Stephanos von dem, was ich erlebt hatte. Er verstand. Dass ich einem Menschen begegnet war, der auf eine schwer zu beschreibende Art eine andere Klasse besaß als die vielen selbsternannten Erlöser, die zu jener Zeit in Judäa und Galiläa herumliefen.
Es kam selten vor, dass ein Mann mich beeindruckte. Im Grunde hatte ich nur vor Stephanos Respekt. Die meisten anderen Männer

verachtete ich. Ja, ich war hochmütig. Natürlich war ich es. Lea tadelte meinen Stolz. Du musst mit Menschen, die ein völlig anderes Leben haben als du, nachsichtiger sein, mahnte sie mich. Es half nichts. Ich konnte einen Mann, der meinem Geist nicht gewachsen war, weder respektieren noch mit ihm eine Ehe eingehen, obwohl Isokrates schon lange darauf drängte. Wieder und wieder. Das Kind braucht endlich einen Mann, der es bändigt. Stephanos lachte und dachte sich seinen Teil.
Ich war nicht bereit, mich von jemandem unterwerfen zu lassen, der mir unterlegen war. Es waren meine Bildung und mein von der Mutter ererbter Besitz, die den Männern Angst machten und sie gleichzeitig herausforderten, mich einzufangen wie ein wildes Ross. Doch es gelang ihnen nicht. Wenn sie merkten, dass ich sie durchschaute, redeten sie übel über mich. Es war wie in jener Geschichte des Aisopos. Dem Fuchs war die süße Traube angeblich zu sauer. So spielte ich weiterhin Penelope, hielt meine Freier hin und wartete auf einen Mann, den ich nicht kannte und von dem ich nicht einmal wusste, ob es ihn gab.

Ich wurde älter. Längst lagen jene Jahre hinter mir, in denen eine Frau die Ehe eingeht. Eines Tages kam es zwischen Isokrates und mir zum Streit. Er wollte, dass ich einen Mann heirate, den er seit langem für mich ausgesucht hatte. Es war Ruben, ein frommer jüdischer Händler aus Sepphoris. Und natürlich reich. Darunter tat es der Vater nicht. Wäre es nicht eine überaus geschickte Verbindung? fragte er mich.
Ich, die Frau, die sich als Griechin fühlte, sollte einen frommen Juden heiraten, der jeden Sabbat in die Synagoge ging. Götter! Wahrscheinlich würde er täglich darauf achten, dass ich mich peinlich genau an die Gesetze halte und nicht ein einziges übertrete. Ein solcher Mann nimmt mir die Luft zum Atmen, sagte ich zum Vater. Das wollte er nicht verstehen. Seine Tochter verweigerte sich und dies war nicht zu dulden!

Ich machte immerhin den Versuch, mit Ruben freundlich zu reden. Das gebot die Höflichkeit. Doch immer, wenn ich mit ihm zu diskutieren suchte, ihn befragte zu diesem oder jenem, antwortete er mir nur das, was in den Schriften zu lesen ist. Was soll ich denn mit einem Mann, der wiederkäut, was in der Thora steht, statt selbst zu denken? fragte ich den Vater. Und dass ich keinen Mann heiraten würde, der meine Seele nicht berührt und der von mir verlangt, dass ich mich an Gebote halte, die ich nicht als die meinen anerkenne. Da kannst du mich doch gleich in einen Kerker sperren!
Isokrates tobte, blieb unnachgiebig.
Du wirst Ruben zum Mann nehmen!
Darauf bestand er, ja er befahl es mir sogar.
Ich blieb bei meinem Nein, es war das erste nicht und stand so felsenfest im Raum wie jene großen Mauern von Jerusalem, ganz unverrückbar, uneinnehmbar. Ich würde nicht ein Leben führen, bei dem es abzusehen war, dass ich absterben werde wie eine welke Blume. Dem Vater blieb nichts anderes übrig, als dem gewünschten Schwiegersohn mein Nein zu übermitteln. Dass ich zu ihnen Nein gesagt, verziehen sie mir beide nicht.
Nichtssagend war Ruben. Und darum wollte ich ihn nicht.

Ich war den Göttern dankbar, dass mir Verweigerung möglich war. Das Erbe meiner Mutter machte mich unabhängig von den Männern.
Mit dem Vater konnte ich von diesem Tag an nicht mehr reden. Nur über Alltägliches, Belangloses, über Wesentliches nicht. Zuviel Vorwurf stand zwischen ihm und mir. Ich nahm ihm übel, dass er mein Glück missachtete, zum Herrn sich aufschwang über meine Seele. Dass er besser als ich, schon lang kein Kind mehr, schon lange eine Frau, zu wissen glaubte, was für mein Leben gut sei.
Dennoch hing ich an ihm und kam von dieser Liebe lange nicht los. Ist die Zuneigung zu den Eltern nicht ein Fluch für uns Kinder?

Wir können ihr nicht entfliehen, ganz gleich, wie sehr wir unter Mutter und Vater gelitten haben. Mit Stephanos führte ich darüber ein langes Gespräch. Über Moses' Gebot, dass man die Eltern lieben und achten solle. Und was ist, fragte ich ihn, wenn sie der Seele ihres Kindes schaden? Muss ich sie dann immer noch achten? Sogar Stephanos wusste darauf keine Antwort. Nach langem Zögern sagte er, bedachtsam, wie es seine Art ist: Achte sie in deinem Herzen für das, was sie dir Gutes getan, aber schütze dich vor ihrem Diabolos.

Isokrates, der Vater, und ich, die Tochter, taten sich schwer miteinander. Er war ein Vertreter der alten Zeit, die den Vätern gehörte und der ich mich nicht mehr unterordnen wollte. Unser Zerwürfnis begann bereits bei meiner Geburt. »Marius« wollte er mich nennen, um Eindruck zu machen bei den römischen Besatzern. Wahrscheinlich versprach er sich Vorteile davon. Weil das Kind nur ein Mädchen war, setzte die Mutter »Mariam« durch und gab mir einen Namen, der ihrem Volk geläufig war und dem Land, in dem wir lebten.
In gewisser Weise hatte ich Glück: mutterlos aufgewachsen, gleichsam wie Athene dem Haupt des Vaters entsprungen, besaß ich Freiheiten, um die die anderen Frauen mich beneideten. Wenn ich Isokrates für etwas dankbar bin, dann für die Erziehung durch Stephanos. Dass er mir Bildung angedeihen ließ und damit die Macht, mich zu äußern. Ich lernte, durch Worte zum Ausdruck zu bringen, was ich fühle. Das aber wünschte er nicht. Wie so viele Väter wollte er eine Tochter, mit der er glänzen konnte, doch gleichzeitig vertrug er es nicht, dass sie einen eigenen Kopf besaß und die Dinge des Lebens anders empfand als er selbst. Sich auseinandersetzen mit einer Frau? Mit einer Tochter gar? Götter!

Das Leben, das Isokrates für mich vorgesehen hatte, konnte ich nicht führen. Nicht meine Seele in das Bild hineinzwängen, das er von mir besaß. So fraß sich die Natter der Sprachlosigkeit in unser Verhältnis. Wir litten beide. Aber ich war die Stärkere. Die neue Zeit ist immer stärker als die alte. Irgendwann wird er verstehen. Vielleicht.

Ich ertrug die Enge in Magdala weniger denn je. Es war die Heimat des Vaters, die meine schon lange nicht mehr. Isokrates hatte den Platz geschickt gewählt. Auf halbem Weg zwischen Kafarnaum und Sepphoris lag der Ort an überaus günstiger Stelle. Zwar war er nur ein kleines Fischerdorf am See. Aber alle Karawanen, die nach Sepphoris reisten, mussten Magdala durchqueren. Isokrates suchte sich die besten Waren aus und verkaufte sie nach Jerusalem. Dort waren seine Spezereien berühmt wegen ihrer Güte. Der Vater setzte sein ganzes Leben in die Vermehrung seines Vermögens. Sein Handel ließ ihn immer reicher werden. Für einen Sohn, der die Geburt nicht überlebt hatte, und eine Tochter, die irdischen Reichtum zwar zu schätzen wusste, aber nach etwas auf der Suche war, das man mit Geld nicht kaufen kann. Isokrates hatte es wohl gut gemeint, aber darüber vergessen, dass auch die Seele eines Kindes hungrig ist – nicht nur sein Bauch.

6 | Von den Leuten am See erfuhren wir, dass ein Zimmermann namens Jeschua nach Magdala gekommen war und nun weiterwanderte nach Kafarnaum.
Er hatte mich gesucht. Ich wusste es sofort.

Zu den Besonderheiten in Jeschuas Wesen gehörte seine Gabe, die Dinge reifen zu lassen. Er drängte nicht und er erzwang nichts. Er schuf nur Gelegenheiten und schaute, was sich aus ihnen ergab. In jenen Tagen in Magdala hatte er nicht nach mir gefragt, sondern gewartet, ob wir uns begegnen würden. Doch unsere Zeit war noch nicht gekommen. Ein letztes Mal musste ich eintauchen in die Welt des Vaters, noch einmal fühlen, dass sie mich nicht nährte. Ich konnte nicht, wie Isokrates, das Leben verwalten. Ich musste es leben.

Nachdem ich erfahren hatte, dass Jeschua in Magdala gewesen war, fühlte ich, dass sich ein Abschnitt meines Lebens dem Ende zuneigte. Ganz langsam entfernte ich mich davon, Tochter zu sein. Tochter eines Vaters. Etwas Neues würde nun in mein Leben Einzug erhalten, wie immer es auch aussehen mag.
Ich fasste den Entschluss, nach Kafarnaum zu reisen. Erst hatte Jeschua mich gesucht, nun suchte ich ihn. Gemeinsam mit Lea und begleitet von Stephanos brach ich auf. Als ich schon auf dem Pferd saß, schaute ich noch einmal zurück. Das tat ich immer, wenn ich eine Stadt verließ. Magdala lag friedlich da, in leichten Dunst gehüllt, und schlief vor sich hin. Man muss wissen, was man zurücklässt. Den Schmerz noch einmal auskosten über das, was im Zurückgelassenen nicht lebbar war.
Schon oft hatte mich in Situationen, in denen ich etwas loslassen musste oder für immer verlor, die Angst gepackt und meine Seele zum Beben gebracht. Ich kannte es gut, das Gefühl, als entgleite mir der Grund, auf dem ich stehe, und als rutsche ich in einen Brunnen von unbekannter Tiefe, aus dem es niemals mehr ein Entrinnen geben würde. Wie damals, als ich, ein Kind noch, am Bett der sterbenden Mutter stand und das Entsetzliche fühlte: Von nun an werde ich in diesem Leben verloren sein und völlig allein. Niemand wird mich mehr halten. Die Zukunft tat sich vor mir auf wie ein Abgrund.

Ich weiß, wie sich mein Körper verweigert, wenn Angst von ihm Besitz ergreift. Das schmerzende Anspannen in meinem Leib. Nicht mehr tief atmen können, ein rasender Herzschlag und Hände, die kalt werden und nass vor Schweiß. Ich bin nicht sonderlich mutig. Dennoch musste ich damals, drei Jahre ist es nun her, Magdala verlassen und die Sicherheit, die der Vater mir gab. Ich kann Umstände nicht aushalten, die mich zu ersticken drohen. Angst und Verlorenheit kann ich leichter ertragen als das Gefühl, bei lebendigem Leibe zu sterben.

Als wir von Magdala fort ritten, verließ ich mehr als nur das Haus meines Vaters. Der Abschied von ihm, der mein eigenmächtiges Fortgehen nicht billigte, geschah im Zerwürfnis. Isokrates litt darunter, ich sah es wohl, aber niemals hätte er es mir gezeigt. Das hätte sein Bedürfnis erschüttert, mir überlegen zu sein. Am Morgen des Aufbruchs klopfte ich an sein Gemach, um Abschied vom Vater zu nehmen und um seinen Segen für die Reise zu erbitten. Eine Reise, die von nun an meine ganz eigene sein sollte. Doch die Tür blieb verschlossen. Er wollte mich nicht sehen. Bis heute weiß ich nicht, ob aus Zorn oder aus Trauer. In diesem Moment, als ich vor seiner Tür stand und kein Laut aus dem Zimmer drang, obwohl ich wieder und wieder klopfte, töteten wir einander in unserer Seele. Dass ich ihn verließ, verzieh er mir nicht. Und ich verzieh ihm nie, dass er mich nicht gehen ließ.
Obwohl ich fühlte, dass mein Leben auf diesen einen Tag zugelaufen war, den Tag meines Ritts nach Kafarnaum, füllten sich meine Augen mit Tränen. Ich weinte über den Schmerz, den wir einander zufügen mussten, der Vater und die Tochter.
Wie schwer wiegen doch die Ketten, die uns mit unserer Herkunft verbinden!

Jeschua sah uns kommen. Er ging auf uns zu. In den Jahren, die jenem Tag folgten, sah ich, dass es diese Eigenschaft war, die ihn von anderen Männern unterschied. Jeschua war ein Mann, der Kraft ausstrahlte und viele Menschen führen konnte – gleichzeitig besaß er die fürsorgliche Liebe einer Mutter für jeden Menschen, dem er begegnete. Er war ein Mann, der männlich war

und weiblich zugleich. Das unterschied ihn von uns, die wir nur das Eine sind oder das Andere.
Er kam mir entgegen und reichte mir die Hand, als ich vom Pferd stieg. Dann sagte er leise, es klang wie eine Frage oder zumindest wie eine Tatsache, derer er sich erst noch vergewissern musste: »Mariam, du bist da.«
In ihrer Schlichtheit trafen mich diese Worte mit großer Wucht. Da fühlte ich, dass auch er die Einsamkeit kannte, die aus der Unvollständigkeit rührt. Schuf Gott den Menschen nicht nach seinem Ebenbild als Mann und Frau? Ist nicht der eine ohne den anderen nur halb und ein Leben lang verdammt zur Suche nach seinem Gegenüber?
Als er meine Hand ergriff, sah ich ihn an. Für einen kurzen Moment ließ er mich durch seine Augen in sein Inneres blicken. Da wurde mir bewusst: diesen Mann werde ich begleiten, solange ich lebe. Es wurde mir in einem einzigen Augenblick zur unumstößlichen Gewissheit. Durch seinen Blick und seine Berührung fühlte ich mich als Mensch, als ganzer Mensch.

7 | In Kafarnaum begann mein zweites Leben. Auch eine weitere Geschichte nahm dort ihren Ausgang. Von Anbeginn war ich ihr Zeuge. Sie verhieß nichts Gutes.
Eines Tages sahen wir den Fischern bei der Arbeit zu. Unter ihnen stach einer besonders ins Auge. Die Männer riefen ihn Simon; Jeschua nannte ihn später auch Petrus. Er war ein kräftiger Mann mit vollem Bart und lockigem Haupthaar. Sein ganzer Körper strotzte vor Kraft und ebenso sein Auftreten. Harsch wies er die Männer an, die seine Netze einholten. Es war nicht zu übersehen, wie sehr er zu herrschen liebte. Wie so viele Männer unterlag er dem Irrtum, große Körperkraft sei eine Auszeichnung und berechtige zu einem großspurigen Verhalten. Ich mochte ihn nicht.
Jeschua wollte eine Gruppe von Männern um sich scharen. Ich

verstand nicht, wozu das nötig sein sollte. Hätte es nicht gereicht, wenn er wandernd, predigend und seine Heilkunst ausübend durch Galiläa gezogen wäre?
Übellaunig war Simon Petrus an Land gegangen. Wieder hatte er nur eine Handvoll kleiner Fische gefangen. Da forderte Jeschua ihn auf, noch einmal bis zur Mitte des Sees hinaus zu fahren und erneut die Netze auszuwerfen. Petrus schaute ihn an, als sei er nicht bei Verstand, schließlich hatten sie sich die ganze Nacht abgemüht und fast nichts gefangen. Doch hatte er davon gehört, dass der Zimmermannssohn aus Nazareth ungewöhnliche Dinge bewegen könne, also ließ er sich auf einen zweiten Versuch ein. Wenn man ihn bei der Gier packte, tat er, was immer ein Anderer von ihm verlangte. Ob Jeschua es wusste?
Es war ein schwüler Tag. Zum Abend hin würde es ein Gewitter geben. An solchen Tagen ziehen sich die Fische an den tiefsten Punkt des Sees zurück. Genau dorthin schickte Jeschua die Fischer, allen voran Simon Petrus, der zwar kräftig war, aber dumm. Wenn er jetzt etwas fängt, wird er uns nachlaufen wie ein hungriger Köter dem Fleischer, sagte ich zu Lea. Genauso kam es. Als die Boote zurückkehrten, schwankten sie unter der Last ihres reichen Fanges. Hunderte von Tieren zappelten im Netz. Jeschua hatte gewonnen. Simon Petrus, das Großmaul, war tatsächlich einmal kleinlaut. Die Angst hatte ihn gepackt, dass es da jemanden gab, der Macht haben könnte über ihn. Vielmehr: der diese Macht vielleicht auch gegen ihn verwenden kann. Jeschua wollte das lange nicht sehen: Dass Simon Petrus nur bei ihm blieb aus Angst. Und aus Berechnung. Mit einem Propheten, dem sogar die Fische im See gehorchen, will man es sich doch nicht verderben. Beim Zeus! Wie unklug das wäre. Und wer weiß, vielleicht kann man reich werden mit ihm? Dem Großmaul erschien es jedenfalls günstiger, mit dem seltsamen Propheten in Zukunft zusammenzuarbeiten, was immer dieser von ihm erwarten würde. Als die Boote an Land gezogen waren, sagte

Jeschua zu Petrus: »Komm mit mir. Ich werde dich zum Menschenfischer machen.« Doch Simon Petrus verstand unter diesem Angebot etwas völlig Anderes als das, was damit gemeint war. Jeschua dachte zuerst an die Menschen, Petrus zuerst an das Fischen. Man stelle sich vor: Jeden Tag ein guter Fang! Man konnte die Münzen in seinem Kopf förmlich klingeln hören.

Im Hause des Petrus lebte auch seine Schwiegermutter. Regungslos lag sie auf einem Lager aus Stroh. Er lähmte sie; ich fühlte es, als ich seine Familie sah: die alte Frau, die Kinder und sein Eheweib. Ich besitze die Gabe, den Charakter eines Mannes zu durchschauen, sobald ich seine Ehefrau sehe. Das Weib des Simon Petrus war eine traurige, verbrauchte Gestalt: ein Kind unter dem Herzen, eins auf dem Arm und sechs weitere am Rock. Es war nicht schwer zu erahnen, was sie jede Nacht über sich ergehen lassen musste.
Als Jeschua das Haus betrat, huschte ein Lächeln über das Gesicht der älteren Frau. Er ging zu ihrem Lager, nahm ihre Hand und strich ihr über das Haar. Noch oft sollte ich beobachten, dass seine sanfte Freundlichkeit die größte Kraft darstellte, die er besaß. Sie war das eigentlich Heilsame an ihm. Als wir eine Weile zusammen gesessen hatten und das dargebotene Mahl einnahmen, erhob sich die alte Frau und setzte sich zu uns. Jeschua hatte ihr Raum gegeben, sich zu bewegen, das war spürbar, inneren Raum, den nur die Güte geben kann. Von nun an blieb sie bei Kräften. Denn Petrus und mit ihm eine Herrschsucht, die alles erdrückte, verließ seine Familie, um sich uns anzuschließen. Etwas Besseres konnte seiner Frau und seiner Schwiegermutter gar nicht widerfahren. Ich sah, wie beide auflebten durch die bloße Vorstellung, ihn bald los zu sein.

Simon Petrus war der erste, den Jeschua in seinen engeren Kreis berief. Dazu noch Andreas, den Bruder des Petrus, Jakob

und seinen Bruder Ioannes, Söhne des Zebedäus und Fischer auch sie, und eine Reihe weiterer Männer, darunter Judas Iskariot, der schlau war, aber kalt.
Auch der Kreis der Frauen hatte sich erweitert. Neben Lea und mir gab es Ioanna, die Frau von Jeschuas Bruder Jakob, und Susanna, die sehr krank war. Mit elf Jahren, an Leib und Seele noch ein Kind, war sie mit einem älteren Mann verheiratet worden, der sie behandelte, als sei sie ein Stück Vieh. Nacht für Nacht stieß er sein Geschlechtsteil in ihren Leib wie er es zuvor, so redeten die Leute, mit seinen Schafen getrieben hatte. Eines Tages fand Ioanna das Kind wimmernd in einer Ecke des Hofes, blutverschmiert, mit zwei gebrochenen Oberarmen. Halb ohnmächtig vor Schmerz hatte sich das Mädchen nach draußen geschleppt, als sie allein war. Ioanna, die kein Kind geboren hatte, nahm sich ihrer an. Lange Zeit ließ Susanna niemanden in ihre Nähe, außer Ioanna und Stephanos, den Arzt. Dieser hatte für sie eine Trage gebaut und ihre gebrochenen Arme an Stöcke gebunden, damit sie wieder zusammenwachsen konnten. Immer, wenn ein Mann in Susannas Nähe kam, weiteten sich ihre Augen vor Angst und sie begann ein leises Wimmern. Ich hatte in Sepphoris viel Menschenleid gesehen, Aussätzige, Blinde, Bettler, aber das Grauen in den Augen dieses Kindes übertraf alles, was ich kannte. Abgrundtief war es und verriet eine Verlassenheit, die grenzenlos war. Wie tödlich es doch ist, wenn ein Mensch den Menschen zur Ware macht und ihn benutzt wie ein Ding. Die Leute denken, der Tod beginnt, wenn der Körper aufhört zu atmen. Sie irren sich.
Vor den Körpern sterben die Seelen.
Zu Lebzeiten sind wir von Vielen umgeben, die schon tot sind, und merken es nicht, wenn wir nicht um das Überleben der eigenen Seele kämpfen mit aller Kraft.

Seit meiner Ankunft in Kafarnaum herrschte zwischen

Jeschua und mir eine wortlose Nähe. Wir sprachen nur selten miteinander. Dass wir uns einander verbunden fühlten, erfüllte jeden von uns mit Glück und ließ ihn innerlich aufleuchten. Die kleine Gemeinschaft von Menschen, die Jeschua umgab, entwickelte sich zu einem wandernden Dorf aus unterschiedlichen Menschen und Schicksalen. Jeder hatte seine eigene Geschichte, jeder seine inneren Wunden. Jeschua lebte bei den Männern, ich bei den Frauen.

Doch mitten unter uns lebte die Schlange, Simon Petrus, die doppelzüngige Natter, die nicht ruhte, das Gift des Diabolos zu verspritzen. Er war der schlechte Baum, der schlechte Früchte bringen würde. Noch war es nicht offensichtlich, aber ich fühlte es bereits, untrüglich und mit einer Sicherheit, wie sie den Frauen eigen ist. In den Jahren, die unserer Zeit in Kafarnaum folgten, lernte ich vieles. Auch, dass es zwei Gruppen von Menschen gibt. Die einen, die Jeschuas Botschaft vom Reich verstehen und nach ihr zu leben suchen. Und die anderen, denen sie letztlich gleichgültig ist und die sie für ihre eigenen Zwecke missbrauchen.

8 | Seine Einfalt. Neben dem Gefühl innerer Nähe, das Jeschua und mich verband, gab es auch manches, das uns trennte. Seine Gutgläubigkeit und mein Misstrauen. Unser Bild von den Menschen war grundverschieden. Jeschua störte sich wenig am schlechten Charakter der Anderen. Er sah einen Menschen nicht so, wie er war, sondern so, wie er sein könnte. Sein Blick auf den Einzelnen war zuversichtlich. Er traute jedem, mit dem er in Berührung kam, das Beste zu und glaubte unbedingt an das Gute in ihm. Seine Gutgläubigkeit fand ich leichtsinnig und war nicht bereit, sie zu teilen. Ich rechne nicht damit, was ein Mensch sein kann, wenn er sich anstrengt und wenn er gute Seiten zur Entfaltung bringt. Ich sehe, was ist, und darauf stelle ich mich ein. So auch bei Simon Petrus. Jeschua war beeindruckt vom kraftstrotzenden Auftreten des Fischers. Er glaubte

tatsächlich, Petrus würde diese Eigenschaft eines Tages in den Dienst seiner Botschaft stellen.
Und dass es Uneigennützigkeit gebe. Uneigennützigkeit! Es ist doch so, dass sich Uneigennützigkeit kaum jemand leisten kann. Ich stamme aus einem Handelshaus und weiß, wovon ich spreche. Oft hatte ich gesehen, wie der Mensch den Menschen für Geld verrät, der Bruder den Bruder, die Schwester die Schwester, hatte bei den Händlern Intrigen erlebt und Verrat, wenn es darum ging, sich den besten Zugang zu Einfluss und Geld zu verschaffen.
Sprechen wir nicht vom Charakter, von der Prägung, die dem Menschen eigen ist wie das Bild einer Münze? Warum sollte er sich ändern? Ist er dem Menschen nicht für immer eingedrückt vom Stempel der Zeit und der Herkunft? Die Zeichnung, die deutlich macht, zu welcher Herde das Schaf gehört. Manchmal eine Auszeichnung, manchmal ein Schandmal. Mein Vertrauen in die Möglichkeiten des menschlichen Charakters besitzt Grenzen, die von der Wirklichkeit gezogen werden. Jeschua kannte diese Grenzen nicht. Er war offen, traute jedem zu, besser sein zu können, als er tatsächlich war. Viel später erst musste er die Erfahrung machen, wie lebensgefährlich diese Offenheit war.
Eines Abends, als wir am Feuer saßen und miteinander sprachen, sagte er zu mir: Die Liebe ist das Sanfteste auf der Welt. Sie überwindet alles, was hart ist. Den Starrsinn, den Geiz, sie löst sie auf. Ich widersprach ihm. Ja, manchmal mag es gelingen. Doch nicht bei jedem. Manchmal gelingt es, manchmal nicht. Du weißt doch, was der alte Meister aus dem fernen Land im Osten schreibt: Wenn ein großer Mensch vom Reich hört, beginnt er sofort danach zu leben. Wenn ein Durchschnittlicher vom Reich hört, so glaubt er halb, halb zweifelt er. Wenn ein Törichter vom Reich hört, lacht er laut heraus. Die Welt besteht nicht nur aus den Großen. Da sind auch die Durchschnittlichen, die Törichten. Wir müssen zwischen ihnen unterscheiden. Alles andere ist doch Einfalt!

Das wollte er nicht hören. Es passte nicht in sein Bild von den Menschen. Danach sprachen wir einige Tage nicht miteinander.

Ich hatte die Frau des Fischers gesehen und die Mutter der Frau. Die Krankheit, unter der sie litten, hieß Unterdrückung, und ihr Urheber war Simon Petrus. So war es. Es zieht sich wie ein Faden durch die Geschichte, lange vor uns und weit über unsere Zeit hinaus. Diejenigen, denen es um Macht geht und nicht darum, wie Menschen sich fühlen, mit denen sie ihr Leben teilen, suchen sich immer die Schwachen, auf deren Kosten sie ihren Schnitt machen können. Sie scheuen nicht davor zurück, dies lauthals im Namen des Höchsten zu tun, um sich selbst zu rechtfertigen und den Unterdrückten das Recht zu nehmen, sich zu wehren. Es ist das perfideste Spiel von allen. Im Namen des Vaters.

Petrus und ich, das konnte nicht gutgehen. Einzig, weil ich Jeschua achtete und Petrus ihn fürchtete, kam es zwischen uns lange nicht zum offenen Streit. Aber es gärte ständig. Noch hatte ich zu wenig in der Hand, um ihn zu überführen, aber eines Tages würde ich es können. Er neidete mir vieles: die Zuneigung Jeschuas, meine Bildung und die Tatsache, dass ich aus reichem Hause stamme. Wie alle Männer, denen weibliche Überlegenheit ein Dorn im Auge ist, wollte er mich loswerden. Doch den Gefallen tat ich ihm nicht. Ich wartete auf meine Stunde. Irgendwann wird ihn seine Angst verraten. Er wird über sie stolpern und mit dem Gesicht im Staub liegen. Dann wird es für alle sichtbar sein, dass er aus faulem Holze geschnitzt ist.

Ich mache mir schon lange keine falschen Hoffnungen mehr über die Menschen. Aber wenn ich jemandem begegne, den ich lieben kann, bin ich dankbar, und mein Herz zittert vor Glück.

9 | Seine Heilkunst. Sie war es, weswegen uns die Menschen bald in Scharen hinterherliefen. Nein, er war kein Wunderheiler, ganz und gar nicht. Er konnte keine Wunder vollbringen, auch wenn viele das glaubten. Oder besser gesagt: glauben wollten.

Zum ersten Mal erlebte ich seine heilsamen Fähigkeiten bei Susanna. Obwohl Jeschua nicht, wie Stephanos, das ärztliche Handwerk erlernt hatte, vollbrachte er Erstaunliches.
Als Susanna schon einige Wochen bei uns lebte, waren zwar die Knochen ihrer Arme zusammengewachsen und sie konnte bereits wieder eine Schale halten, um aus ihr zu trinken. Aber nach wie vor hielt sie sich abseits und nahm nicht an unserem gemeinsamen Leben teil. Sie setzte sich weder zu uns ans Feuer noch sprach sie. Sie lag auf ihrer Trage und sah beiseite, sobald jemand zu ihr hinschaute.
Eines Tages nahm Jeschua ein Sattelkissen und setzte sich neben sie. Sofort wandte sie ihren Kopf ab. Ihr Körper hatte Angst vor den Männern. So auch jetzt. Jeschua ließ sich davon nicht beeindrucken. Er wusste von Ioanna und Jakob, was dem Mädchen widerfahren war, und ließ ihr Zeit. Wochenlang holte er sich Nachmittag für Nachmittag das Kissen, setzte sich neben sie und saß schweigend bei ihr.
Ich weiß nicht, wie lange es dauerte, bis Susanna allmählich ihre Angst verlor und Vertrauen fasste. Es fing damit an, dass sie ihren Kopf nicht jedes Mal zur Seite wandte, wenn er kam. Sie schaute ihn an, wie er es sich auf dem Kissen bequem machte. Ganz ruhig schaute sie zu, dann wieder zur Seite, dann wieder zu ihm hin. Eines Tages, als er sich neben ihrer Trage niedergelassen hatte, musste er niesen. Da lächelte sie.
Nach vielen Wochen, ich weiß es noch, weil es ein Sabbat war, ereignete sich etwas, das man vielleicht als Wunder bezeichnen kann, wenn auch nicht in dem Sinne, wie die Leute es gerne verstehen. Jeschua hatte wieder einmal seinen Platz neben Susanna

eingenommen. Nachdem sie wie immer geschwiegen hatten, wagte sie auf einmal, ihm in die Augen zu sehen und zu lächeln. Er lächelte zurück. Dann schob sie, ganz langsam, ihre Hand unter der Decke hervor und griff nach der seinen. Lange verharrten sie so, der Mann und das Mädchen, ihre Hand in seiner Hand, seine Hand in der ihren. Und mir, die ich die Szene aus der Ferne beobachtet hatte, wurden die Augen feucht; eine Träne rann mir über die Wange und ich dachte bei mir: Ja, in einer Welt, die solches möglich macht, ist's gut zu leben.

Was immer Jeschua tat, er war und blieb ein Zimmermann und Baumeister. Mit einem zarten Gefühl für Zerbrochenes, das behutsam wieder aufgerichtet werden musste. Das konnte er. Er gab Vertrauen, wo Vertrauen fehlte, und nahm die Last, die zuviel wog. Seine Heilungen geschahen nach dem Gesetz des Ausgleichs.

Eines Tages beugte sich Jeschua zu Susanna hinab, griff ihr unter die Arme, die längst verheilt waren, und stellte sie auf ihre Füße. Sie ließ es geschehen. Von diesem Tag an war ihre Seele gesund. Wenn auch die Narben blieben. Narben bleiben immer.

10 | Er antwortete mir. Nicht unmittelbar, nein, vielmehr benutzte er dazu ein Gleichnis. Die Dinge, über die wir sprachen, bewegten ihn, ich fühlte es.

Einige Tage nach unserem Gespräch am Feuer ergab es sich, dass eine größere Menschenmenge aus Kafarnaum zum See gekommen war. Jeschua saß im Schatten eines Baumes und ruhte. Die Anderen setzten sich abwartend zu ihm. Da stand er auf, ging zwischen uns umher und sprach zu uns:

»Das Himmelreich ist gleich einem Menschen, der guten Samen auf seinen Acker säte. Als aber die Leute schliefen, kam sein Feind und säte Unkraut mitten unter den Weizen und ging davon. Als nun die Saat wuchs und Frucht ansetzte, da erschien auch das Unkraut. Da traten die Knechte des Hausherrn herzu und sagten zu ihm: Herr, hast du schlechten Samen auf deinen Acker gesät?

Er sprach zu ihnen: Das hat ein feindseliger Mensch getan. Die Knechte aber sagten zu ihm: willst du, dass wir hineingehen und es sammeln? Er sprach: Nein, damit ihr nicht etwa, wenn ihr das Unkraut sammelt, mit ihm zugleich den Weizen herausreißt. Lasst beides zusammen wachsen bis zur Ernte, und zur Zeit der Ernte will ich zu den Schnittern sagen: Sammelt zuerst das Unkraut und bindet es in Büschel, auf dass es Futter werde für das Vieh; den Weizen aber sammelt in meine Scheuer.«
So lautete seine Antwort auf das, was ich über die Durchschnittlichen und die Törichten gesagt hatte. Ich glaubte, mich vor ihnen hüten zu müssen, während er es wagte, ihnen auf dem Felde der Schöpfung einen Sinn zu geben. Ist es nicht ebenso gut, als Futter für das Vieh zu dienen wie Weizen zu sein, aus dem Mehl und Brot gemacht wird? Es war eine Lektion, die zu lernen mir alles andere als leicht fiel. Gleichzeitig befreite sie mich. War nicht auch ich Unkraut, ein Wesen, das nicht zu dem zu gebrauchen war, was die Anderen von ihm erhofften? Nur eine Frau, dazu noch eine, die weder eine richtige Jüdin war noch eine richtige Griechin, immer zwischen beidem stehend. Nicht verheiratet, ohne Mann und Kind, im Zwiespalt lebend zum Vater, zu den jüdischen Geboten der Mutter, aber auch zur bunten Götterwelt der Griechen, die ich nicht ernst nehmen konnte und über die ich mich lustig machte. Ich wusste doch kaum, wer ich war und ob es einen Sinn hatte, dass es mich gab. Ob es nicht besser gewesen wäre, nie geboren zu sein. Ich passte nicht in meine Zeit, nicht in meine Familie, mein ganzes Wesen war ein Dagegen-Sein. Was ich am liebsten tue: fortgehen, immer nur fortgehen. Hinter mich lassen, was ich kannte und was sich nicht als tragfähig erwies. Was ich dagegen liebe: den Zwiespalt, den Zwist, die Krisis, das Trennende und die saubere Unterscheidung. Die Leute sagen mir nach, ich hätte einen klaren Kopf und ein kaltes Herz. Sie kennen mich nicht, wissen nicht, dass meine Klarheit der Verzweiflung entspringt und mein Herz verschlossen war, weil es litt.

Was soll ich mit einem Zeus, der wie ein läufiger Hund allem Weiblichen hinterher steigt? Oder mit einem Rabbiner, der in der Synagoge aus der Schrift liest, während er zuhause seine Frau betrügt mit der Dienstmagd? Sind wir nicht alle nur Futter für das Vieh? Wer darf sich schon zum Weizen zählen? Ich hatte keinen Ort, der mir Halt gab. Auch in mir tobte der Diabolos, so wie in Simon Petrus. Nur eines unterschied uns: In meiner Verweigerung war ich echt. Ich spielte niemandem etwas vor. Schöntun aus Angst war meine Sache nicht. Ich stand zu meinem Zynismus. Aus dem Hassen zog ich größere Lust als aus dem Lieben. Als ich Jeschua sah und seine grenzenlose Geduld mit Susanna, hatte ich oft bei mir gedacht: Ein solches Herz, ich werde es nie haben, eine solche Güte, nein, mir ist sie nicht eigen und wird es niemals sein. Ich bin die Andere, die Dunkle, die das Gute schafft, wenn sie überhaupt Gutes schafft, indem sie zerstört.
Doch an jenem Tag spürte ich zum ersten Mal: es ist gut so wie es ist. Jeschua hatte mir widersprochen und gleichzeitig hatte er mir gesagt: Mariam, du kleines Unkraut, wuchere du nur. Eines Tages wird dich ein Esel fressen und du wirst ihm schmecken, ob du es glaubst oder nicht.
Ich lächelte.
In letzter Zeit lächelte ich häufiger.
Wie töricht ist es doch, sich zu den Klugen zu zählen, und wie klug, sich für töricht zu halten! In jener Nacht hatte ich einen Traum. Ich sah Adam. Seine Haut war weiß, und sein Gesicht trug die Züge von Jeschua. Aus seiner Brust floss eine schwarze Gestalt. Sie war mir ähnlich. Ich erschrak, als ich erkannte: Es war Lilith, die Dunkle, Adams erste Frau, die sich das Recht nicht nehmen ließ, ein Mensch zu sein, stärker als die Schlange. Unsere beiden Leiber, der helle und der dunkle, verschlangen sich ineinander zu einem Kreis und schwebten. Es war ein Gefühl vollkommenen Glücks. Ich fühlte mich stark wie nie.

11 | Das Missverständnis. Besteht nicht die größte Tragödie für den Menschen in der Unmöglichkeit, mit denselben Worten auch dasselbe zu meinen? Legt nicht jedermann in einen Begriff seine eigene Geschichte, seine eigenen Hoffnungen und Sehnsüchte? Wir nehmen dieselben Wörter in den Mund und doch versteht jeder unter ihnen etwas anderes. Nicht die Sprache trennt uns, sondern unser Unvermögen, sie mit übereinstimmenden Bedeutungen zu unterlegen.

Bei Jeschua und seinen Männern war es das Wort vom »Reich«. Bis zuletzt begriffen sie nicht wirklich, was er damit meinte. Sie verstanden es politisch, dabei war Jeschua der unpolitischste Mann, den ich kannte. Eigentlich hätten sie es merken müssen. Politik und auch die Religion waren ihm völlig gleichgültig. Er ging mit Pharisäern, Sadduzäern, Zeloten, Proselyten, Essenern, ja sogar mit Zöllnern und römischen Soldaten gleichermaßen freundlich um, als kümmere es ihn überhaupt nicht, zu welcher Richtung sich jemand bekennt oder welchem Volk er angehört.

Das irritierte seine Männer, allen voran Simon Petrus und Simon, den Zeloten. Simon war einer von den Leuten, die es immer besonders gut machen wollten: Gott könne doch nicht dulden, dass sein Volk von römischen Besatzern unterjocht würde. Gott sei der einzige Herrscher, und es könne nicht angehen, dass man daneben noch einem Kaiser huldigen müsse. Gott habe dem Volke Israels die Freiheit versprochen, und man müsse doch etwas unternehmen, um diesen für das auserwählte Volk so unwürdigen Zustand zu beenden. Gott hier, Gott da, ich konnte es allmählich nicht mehr hören. Der Allmächtige musste für alles herhalten, was Simon dem Eiferer nicht passte. Der niemals »Ich« sagte und stattdessen dauernd den Gott Israels bemühte. Das ermüdete mich.

Mit Simon Petrus, dem Fischer, verhielt es sich ähnlich. Ihm war nichts wirklich wichtig außer einer einzigen Sache: dass er keine Lust mehr hatte, Levi, dem Zöllner, jedes Mal einen Teil von seinem Fang abzutreten, wenn seine Netze wieder einmal voll waren. Was selten genug geschah. Immerhin hatte er zu Hause zehn hungrige Mäuler zu stopfen – ich erlaubte mir die Bemerkung, dass ein Mann, der jede Nacht seine Frau besteigt, eines Tages eben doch dafür zahlen müsse. Der Gang zu einer Sünderin wäre billiger gewesen. Hüte deine Zunge, sagte Stephanos zu mir, aber ich wusste, dass er innerlich grinste. Obschon ich damals fast drei Jahrzehnte alt war, fühlte er sich noch immer für meine Erziehung verantwortlich.

Petrus hasste die Römer. Mit jener eigenartigen Abneigung, die erkennen lässt, dass er gerne mit ihnen getauscht hätte. Er war herrschsüchtig und nicht fähig, Andere gelten zu lassen oder ihnen neben sich Raum zu geben. Sein Hass gegen Rom war nicht von der Art, dass er einfach nur von den Römern und der Besatzung durch sie befreit werden wollte. Das hätte ich verstehen können. Was ich nicht verstand: er wollte an ihre Stelle treten. Tief in seinem Inneren war das sein eigentliches Ziel. Schon jetzt war es spürbar: an der Art, wie er Jeschua zu beherrschen versuchte, der sich davon allerdings nicht beeindrucken ließ, und wie er den anderen Männer unserer größer werdenden Gemeinschaft Befehle erteilte, als seien sie seine Knechte. Auch mir, der Tochter aus reichem Hause. Ist sich wohl zu fein, sich die Finger schmutzig zu machen. Der müsste man's mal ordentlich zeigen.
Oft hatte ich beobachtet, dass es zwei Arten von Feindschaft gibt. Beide hatte ich sauber zu unterscheiden gelernt: die Feindschaft, die sich von Unterdrückung zu befreien versucht, um zu überleben und frei zu sein. Und die Feindschaft, die letztlich den Rollentausch mit den Mächtigen will. Gespeist vom unterschwelligen Wunsch, so zu werden wie sie. Die Metamorphose vom Opfer zum Täter. Das macht mir Angst. Ich fürchtete Simon Petrus. Eines Tages, wenn er Macht haben sollte, wird er so mit uns umgehen, wie Rom es tut.

Der tiefste Grund, weshalb ich den Fischer ablehnte, war meine Furcht vor ihm. Ich wollte es mir lange nicht eingestehen. Dass ich mir immer wieder eine Rüstung anlegen muss, ist mir zuwider. Von so einem wirst du keine Gnade erwarten können, Mariam. Sei also wachsam wie ein Wolf und wappne dich. Lea hatte mir, als wir von Magdala aufbrachen, heimlich ein Messer zugesteckt. Wortlos hatte sie es mir gereicht, mit einem stummen Blick, als fürchte sie den Satz, der in dieser Geste verborgen lag: Irgendwann wirst du es brauchen müssen.

Das Reich. Der Mann, dem wir uns angeschlossen hatten, weil er etwas ausstrahlte, das ich noch immer nicht fassen konnte, wollte die Menschen lehren, was dieses Reich ist und wie es auch von uns erfahren werden kann. Doch ich bezweifelte, ob seine Männer die richtigen waren, um die Botschaft zu verstehen und zu verkündigen. Lassen sich Erfahrungen denn mit Worten vermitteln? Müssen sie nicht vielmehr erlebt werden, gefühlt werden? Doch Fühlen war eines Petrus Sache nicht. Das Einzige, was er spürte, war sein Hunger. Nicht nur bei den Mahlzeiten. Ein unstillbarer Mann.

Ich hatte meine Zweifel, ob Jeschua bei der Auswahl seiner Männer klug vorgegangen war. Fischer! Was kann man schon von Fischern erwarten? Sie können fischen, alles andere liegt ihnen nicht. Was immer sie tun, sie packen es an, als ginge es auf den See hinaus, um einen guten Fang zu machen. Ein Fischer bleibt ein Fischer. Und jeder, der diesem Beruf angehört, fühlt sich doch hingezogen zu anderen, die ebenfalls gerne in See stechen und fangen gehen. Der Mensch gesellt sich gern zu Seinesgleichen. Als Jeschua in Kafarnaum das Wort vom Menschenfischen gebrauchte, fror es mich. In der Nacht träumte ich, ein silbrig glänzendes Fischlein zu sein, das zappelnd im Netz liegt und verzweifelt nach Wasser für seine Kiemen sucht. Das konnte sein Ziel doch nicht sein. Ein Erstickungstod im Netz? Warum hatte

er das Wort verwendet? Aus Gedankenlosigkeit? Heißt es in den Schriften nicht, dass wir auf unsere Gedanken achten sollen, weil aus ihnen Worte und aus diesen Taten werden können? Hatte Jeschua nicht selber gesagt, dass das Ende vom Anfang her bestimmt würde? Nun versammelte er eine Gruppe ungehobelter Männer um sich, die er, irgendwann, aussenden wollte, um in alle Welt hinauszugehen und die Botschaft vom Reich zu verkünden. Er hätte wählerischer sein sollen.
Warum, fragte ich Stephanos, müssen die Männer, kaum haben sie eine Idee, gleich ein Imperium daraus machen? Vielleicht, antwortete er, weil sie sich aufblähen müssen, um sich größer fühlen zu können.
Ich hatte den Verdacht, auch Jeschua war nicht frei davon. Vom Zwang, die Welt zu beherrschen. Das römische Übel.
Schon immer hatten mich die Propheten abgestoßen. Ihr Eifer, mit dem sie zu bekehren versuchten, trat mir zu nahe. Sie waren mir tief zuwider. Religiöser Eroberungsdrang, wem steht er zu? Soll man nicht warten, bis man gefragt wird, bevor man einem anderen Menschen seinen Glauben überstülpt?
Eines Abends, wieder saßen wir am Feuer, fragte ich Jeschua: Werden deine Männer verstehen können, was das Reich dir bedeutet? Er glaubte fest daran: Natürlich, Mariam, sie sind doch ein Teil des Reiches. Warum sollen sie es dann nicht erfahren können?
Ich hatte weiterhin Zweifel und spürte ungenau, dass der Mann, dem ich folgte, schon damals in der Falle saß. Seine Männer konnte er nicht mehr fortschicken, und für seine Botschaft würde er bezahlen müssen. Es war zu ahnen, lange vor Gethsemane und Golgotha.

Der Vater hatte mich gelehrt, klug zu sein, wenn es darum geht, Weggefährten zu finden. Die Männer, mit denen Isokrates Geschäfte machte, wählte er mit Bedacht. Er beobachtete sie lange und prüfte sie. Zu oft war er betrogen worden. Wer, wenn nicht ein Kaufmann, weiß, wie teuer es einen zu stehen kommt, wenn man an die Falschen gerät. Oft hatte er mir eingeschärft: Wen immer du wählst und was immer du tust, tue es mit Bedacht und denk es zu Ende! Vieles lehnte ich ab, was der Vater mir riet, doch diesen Satz merkte ich mir.

Wieder einmal antwortete Jeschua mit einem Bild. Und mit einer Geschichte. Er sprach zu uns vom Reich. Es war ein düsterer Nachmittag. Seit Tagen hatte es geregnet. Wir hatten uns in eine Höhle zurückgezogen und warteten, bis sich die Sonne wieder zeigen würde. Als wir beisammen saßen, jeder hing seinen Gedanken nach, stellte einer der Männer, sein Name war Thomas, eine Frage: Rabbi, was ist das »Reich«? Erzähle uns davon!
Da antwortete Jeschua: Kennt ihr einen Senfsamen? Er ist von allen Samen der kleinste. Wenn er aber auf guten Boden fällt, wird eine große Pflanze aus ihm, und er bietet Schutz für die Vögel des Himmels. So verhält es sich auch mit dem Reich. Es ist dauernd im Wachstum. Es ist das Ganze und es ist das Einzelne und es ist beides zugleich. Wer sich selbst erkennt, wird auch das Reich erkennen. Das Reich ist der Vater, mit dem ich eins bin, wie auch ihr eins mit ihm seid. Er ist nicht außerhalb von uns. Wir sind so sehr Söhne und Töchter des Reiches, dass wir eins sind mit ihm. Aber viele von uns kennen es nicht und fühlen es nicht.
Das Reich ist wie der See, und wir sind seine Wellen. Wer kann sagen: Die Welle ist für sich und getrennt vom See? Die Wellen sind der See, und der See ist aus Wellen. Wer kann das eine ohne das andere denken? Keiner kann es. Niemals kann eine Welle außerhalb des Sees existieren. Keine braucht sich verlassen zu fühlen, denn der See nährt die Wellen und trägt sie. Das ist die kostbarste Botschaft von allen.
Bevor er weitersprach, schaute er mich an und schwieg eine Weile. Dann sagte er: Was ihr soeben gehört habt, ruft es über eure

Dächer hinaus. Denn niemand entzündet eine Lampe und stellt sie unter einen Krug oder in ein Versteck, sondern er stellt sie auf einen Leuchter, damit alle, die ein- und ausgehen, ihr Licht sehen. Von diesem Tag an begann ich allmählich, ihn zu verstehen. Langsam, sehr langsam bekam ich ein Gefühl für das, was er uns nahe bringen wollte.

Das Bild vom Leuchter gefiel mir. Damals verstand ich auch: nichts lag ihm ferner als der Wunsch nach Macht. Nein, er litt nicht an der römischen Krankheit. Er nicht. Nichts interessierte ihn weniger. Vielmehr hatte er etwas gefunden, das wir noch nicht kannten. Er wollte leuchten, nicht herrschen. Das war der feine Unterschied zwischen ihm und den Fischern. Aber auch zwischen ihm und den Römern.

Von jenem Tag an nahm mein Verständnis zu, aber meine Skepsis nicht ab. Er und seine Männer lebten nicht in derselben Welt. Jeschuas Welt war die Welt des Reiches. Die Welt seiner Männer war Galiläa. Das von Rom geknechtete und gequälte Land. Wie sollten sie seine Botschaft vom Reich verstehen können? Wie sollte denn beides zueinander passen? Besaßen wir überhaupt eine Möglichkeit, einander zu verstehen, er auf der einen Seite, die Menschen um ihn herum auf der anderen? Auch ich hatte meine Bedenken. Zu oft hatte ich mich verlassen gefühlt, um die Botschaft annehmen zu können, dass ich getragen werde vom Reich. Verlassen von der Mutter, die ich früh verlor, vom Vater, der mich nicht verstand, von den Männern, die mich nur wollten, wenn ich mich unterjochen ließ.

Was Jeschua, was wir alle damals nicht ahnten: Auch ihm würde die Stunde schlagen, in der er schreien würde vor Verlassenheit. Nein, brüllen würde er wie ein Opferlamm, das geschlachtet wird. Hören wir die Schreie der Tiere nicht jedes Mal, wenn wir am Tempel vorbeigehen?

Die Botschaft vom Reich widersprach allen meinen Erfahrun-

gen. Zwar ahnte ich manchmal, was er uns lehren wollte, aber mein Wirklichkeitssinn widersetzte sich seiner Botschaft. Wenn auch eine Sehnsucht blieb: Halt zu finden in dieser grundlosen Welt.
Ich, die Welle Mariam, spürte den See noch lange nicht.

12 | Mit meiner Sehnsucht wuchs meine Zärtlichkeit. Und Härte schwand. Vor allem dann, wenn ich etwas sah, das mir zuvor unmöglich schien. Wie die Begegnung von Jeschua und Salome, die an Blutfluss litt.
Es war ein heißer Vormittag. Markt in Kafarnaum. Die Menschen drängten sich um die Händler, riefen und feilschten, als plötzlich ein Mann namens Jairus vor Joschua trat und ihn anflehte, in sein Haus zu kommen. Seine Tochter, erst zwölf Jahre alt, liege im Sterben. Sie sei doch sein einziges Kind. Jeschua schickte sich an, ihm zu folgen, als plötzlich eine Frau aus der Menge zu Boden fiel und nach dem Saum seines Gewandes griff. Jeschua spürte, dass jemand ihn festhielt, und drehte sich um. Als die Frau zu ihm aufschaute, sahen wir ihr Gesicht. Es war blass mit dunkel umränderten Augen. Stephanos, der Arzt, sah sofort, woran sie krankte: Blutfluss. Seit zwölf Jahren hatte sie nicht aufgehört zu bluten, Tag für Tag. Ich bewunderte ihren Mut. Heißt es nicht bei Levithicus, dass ein Weib, das den Blutfluss lange Zeit hindurch hat, nicht nur zur Zeit ihres Monatsflusses, sondern über diesen hinaus, während der ganzen Zeit unrein ist? Jedes Lager, auf dem sie liegt, solange der Fluss andauert, wird unrein, jedes Gerät und jeder Mensch. Dass eine Frau, die blutet, niemanden berühren darf, weil sie ihn unrein macht, und von niemandem angefasst werden soll, damit nicht auch er unrein werde?

Ich war keine Jüdin. Wohl von Geburt her, nicht aber von Gesinnung. Es war ein Schmerz und ein Glück, dass ich die Mutter früh verlor. So war ich frei. Der Vater kümmerte sich nicht um

Reinheitsgebote. Nie habe ich jemandem gesagt, wann ich blutete. Niemals. Ich habe die Zähne aufeinander gebissen und war still. Wie habe ich mich danach gesehnt, schreien zu dürfen! Wenigstens ein einziges Mal. Mich zu äußern. Den Schmerz zu sprengen mit meiner Stimme.

Doch was mich schmerzte, habe ich mit mir alleine ausgemacht. Als ich die Blutflüssige sah, an jenem heißen Vormittag in Kafarnaum, wusste ich, wie gut ich daran getan hatte, mich zu verstecken. Mein Blut zu verleugnen, damit man mich nicht behandelte wie eine Sünderin. Der Frau sah man an, was es bedeutete, zwölf Jahre als unrein zu gelten. Der weibliche Aussatz. Wie demütigend es ist, die Anderen vor sich warnen zu müssen. So viele Monde das Jahr hat, so viele Jahre litt sie schon. Ein Kreis hatte sich geschlossen. Dass sie es noch bis zum Marktplatz schaffte, keine Kraft mehr in den Gliedern und stets der Ohnmacht nahe, war das eigentliche Wunder. Als sie auf die Knie fiel, gehorchte diese Geste kaum noch ihrem Willen. Sie kniete nicht, sie stürzte. Soviel war sichtbar. Bis zum Saum seines Gewandes hatte sie es geschafft. Dann waren ihre Kräfte zu Ende.

Ich sah, was es sie kostete, sein Kleid zu berühren. Diese Ungeheuerlichkeit. Der Bruch eines Gesetzes. Sie wagte es, ihn zu beschmutzen, weil sie gehört hatte, dass er gütig war.

Für jeden Pharisäer wäre es ein Skandalon gewesen, was in diesem Moment geschah. Jeschuas Männer, allen voran die Fischer, traten ein paar Schritte zurück, als sie zu ahnen begannen, was das Leiden war dieser Frau.

Und dann ereignete sich etwas, das mir meine Fassung stahl, die mühsam aufgebaute.

Jeschua drehte sich um. Die Frau schaute ihn an, sie fürchtete seine Empörung. Doch er empörte sich nicht. Er lächelte, beugte sich zu ihr hinab und half ihr, wieder aufzustehen. Alle Fürsorge, zu der ein Mensch fähig ist, lag in dieser Geste. Dann sagte er:

Tochter – er sagte tatsächlich: Tochter! – dein Vertrauen hat dir geholfen. Ich sah, wie ihr Gesicht Farbe bekam, und spürte: Es war vorbei. Die Tragödie, eine Frau zu sein, war für diese Frau zu Ende. Er hatte sie befreit vom Bann des Gesetzes.
Als wir weitergingen, zog ich ein Tuch über mein Gesicht. Ich wollte nicht, dass jemand meine Tränen sah.

Für das Mädchen schien es zu spät zu sein. Ein Diener des Synagogenvorstehers kam auf Jairus zu und sagte ihm, seine Tochter sei gestorben. Jeschua wollte sie dennoch sehen. Wir machten uns auf den Weg zu Jairus' Haus. Es war bereits von weitem zu erkennen. Nachbarn hatten sich auf dem Vorplatz versammelt, lamentierten und klagten. Dass sie immer gleich außer sich geraten! Unerträglich war das für mich. Da wurde gejammert, geheult und der Höchste bemüht, anstatt erst einmal Ruhe zu bewahren und zu sehen, was ist. Dass etwas nicht stimmte, war schon spürbar noch bevor wir das Haus erreichten.
Jeschua hieß seine Männer, draußen zu warten. Auch Jairus. Der fügte sich widerwillig. Nur Salome und ich sollten das Haus betreten. Was sich jetzt ereignete, war Frauensache.

Im hinteren Teil des Hauses lag das Mädchen auf dem Fußboden. Nichts an ihm regte sich mehr. Mager war dieses Kind, erschreckend mager. Man hatte Wasser auf den Fußboden geschüttet, wie es bei den Juden Brauch ist, wenn einer stirbt. Um die Schuld des Toten zum Ausdruck zu bringen und die Unzufriedenheit Gottes mit dem Handeln des Toten, als er noch lebte. Als ich die Pfütze sah, deren Bedeutung ich kannte, fragte ich mich: Schuld? Bei einem zwölfjährigen Mädchen? Was soll denn dieses schmächtige Kind zu Lebzeiten auf sich geladen haben, dass man es, kaum ist es tot, in Sühnewasser halb ertränkt? Zorn stieg in mir auf und Abneigung. So hatte ich schon gefühlt, als Jairus beim Markt auf uns zukam. Wie er redete! Meine Tochter, mein

einziges Kind, mein Haus, mein Diener … mir sind Menschen zuwider, die ihre Besitzanzeige auf alles ausdehnen, was auch nur im Entferntesten mit ihnen zu tun hat. Zuviel Beanspruchung nimmt den Anderen die Möglichkeit, lebendig zu sein. Auch mir raubt sie den Atem. Dass Jeschua ihn wegschickte, tat mir wohl.
Wir setzten uns neben das Kind, Salome zu seinen Füßen und ich neben sein Haupt. Jeschua blieb stehen. Noch immer kannten wir den Namen des Mädchens nicht. Wussten nur, dass es die Tochter des Jairus war. Die Mutter, die neben ihrem Kind gesessen hatte, sagte uns, es heiße Ruth und habe vor wenigen Tagen zum ersten Mal geblutet. Da begann ich zu verstehen. Es hatte etwas Eigenartiges auf sich mit diesem Kind. Als wäre etwas ins Stocken geraten. Da hing etwas fest, das sich noch lösen musste. Seitdem ich in Jeschuas Gemeinschaft lebte, in größerer Nähe zu ihm als die Anderen, bekam mein Leben allmählich einen anderen Geschmack. In gewisser Weise wurde es müheloser. Er vermittelte mir das Gefühl, dass die Dinge und dass ich selbst in Ordnung war. So, wie alles nun einmal ist, so ist es gut. Das war neu für mich. Es räumte meine Skepsis auch nicht gänzlich aus dem Weg. Trotzdem wurde manches leichter. Er gab mir einen Vorgeschmack, wie es sein könnte, fließend zu leben, mitzuschwimmen im Strom der Zeit, mich nicht länger gegen alles wehren zu müssen. Die Frauenkrankheit. Keinen Ort zu haben in der Welt. Oder einen Ort zugewiesen bekommen, an dem sich nicht leben lässt für eine Frau.
Was weiß ein Vater von seiner Tochter? Was wusste Jairus von Ruth? Wir schwer es ihr würde, aus dem Kind die Frau zu gebären. Nicht ein einziges Mal hatte er uns ihren Namen genannt. Da habe ich verstanden: Es ging ihm nicht darum, dass Ruth leben sollte. Es ging ihm nur darum, dass er sie nicht verlieren wollte. Der feine Unterschied. Deshalb hatten sie ihr die Augen zugedrückt, obwohl sie, wie Jeschua ahnte, noch nicht gestorben war. Für das Kind war Platz gewesen in diesem Hause, nicht aber

für die Frau. So verweigerte sie die Zeichen des Lebendigseins. Wer keinen Ort hat, wo er leben darf, der stellt sich tot. Nicht sein dürfen. Wie gefährlich dieses Gefühl doch ist. Fast hätten sie die junge Frau begraben. Obwohl noch so viel Leben in ihr war. Jairus hatte nicht vermocht, sie beim Namen zu nennen. Gezeugt war sie von ihm und später dann verlassen. Das war die Krankheit, die an ihr fraß und die ihr fast das Leben nahm.

Der Bann löste sich in wenigen Momenten. Jeschua nahm ihre Hand und sagte: »Ruth, steh auf.« Als sie ihren Namen hörte, öffnete sie die Augen. Seine Aufforderung schwang im Raum wie eine leise Musik. Nach einer Weile zog sie sich an seiner Hand empor, bis sie stand, wenn auch sehr schwankend. Er führte sie zur Mutter und sagte: Frau, gib ihr reichlich zu essen. Sie braucht jetzt sehr viel Kraft.

Wieder einmal wurde ich Zeuge einer Geburt. Wie bei Stephanos, wenn er einer Frau in ihrer schweren Stunde beistand. Nur war es dieses Mal anders. Das Kind, nein, die junge Frau, der Jeschua geholfen hatte, zur Welt zu kommen, zählte schon zwölf Jahre. Kein Neugeborenes mehr, aber an einer Schwelle stehend wie dieses. Wie schwer die Schwellen uns doch werden. Immer wieder und immer auf's neue. Ich hatte es selber erfahren und so oft gedacht: Nein, ich schaffe es nicht. Dieses Mal ist die Stufe zu hoch. Nicht zu erklimmen für einen Menschen, der so wenig Kraft besitzt wie ich. Was wäre aus mir geworden, wenn nicht Stephanos gewesen wäre? In den Jahren, in denen er mich lehrte, hat er viele Mariams auf die Welt gebracht.
An jenem Tag in des Jairus' Haus dachte ich bei mir – ich bin ein Mensch, der wenig sagt und viel im Stillen bei sich denkt –, ich dachte mir, dass die Männer doch in zwei Gruppen zu teilen seien: die Geburtshelfer und die Fischer. Stephanos und Jeschua waren Geburtshelfer. Das waren Männer, die ich liebte. Mit

denen die Frau in mir auch leben wollte. Braucht nicht jede von uns einen Mann, der ihr hilft, über die Stufen zu kommen? Monat für Monat, Jahr für Jahr?
Mit den Fischern ist es unmöglich. Petrus und seine Leute. Die Beutegeier. Stets hungrig, tief in der Seele ungestillt. Sie nehmen uns noch die wenige Kraft, die wir haben, und allen anderen auch. Irgendwann werden sie die Erde leer fischen, bis nichts mehr von ihr übrig bleibt. Kein Ende kennend, weil niemals satt. Ich hatte Angst vor ihrer Gier.

Am Abend jenes Tages hatte ich einen Traum. Ich sah Isokrates. Er saß am oberen Ende des Tisches wie es seine Gewohnheit war. Auf einmal stand er auf. Er kam zu mir und reichte mir die Hand. Dann führte er mich hinaus zum Marktplatz von Magdala, der an der Straße liegt, die nach Kafarnaum führt. Am Brunnen nahm er Abschied und ging zurück ins Haus. In sein Haus. Meines war es nicht mehr.
Bis in den Morgen weinte ich.

13 | Wie viele Menschen Jeschua folgten? Erst zwanzig, dann dreißig. Es wurden immer mehr. Die zwölf Männer aus seinem engsten Kreis, dann Stephanos, zuletzt wir Frauen. Salome, Susanna, Ioanna, Lea und ich. Unsere Gemeinschaft wuchs, doch mitten hindurch verlief ein Riss. Genauer gesagt: zwischen den Männern und den Frauen. Nein nicht ganz. Zwei Männer bewegten sich in beiden Welten. Jeschua und Stephanos.
Wenn wir am Abend rasteten und uns ein Mahl bereiteten, machten wir stets zwei Feuer. Vor allem an den Abenden, an denen es kühl war. Um das eine versammelten sich die Männer, um das andere wir Frauen. Es gab wenig Berührung zwischen uns. Auch das, worüber wir sprachen, war grundverschieden. Wir Frauen erzählten von unseren Familien, von den Menschen, die wir kannten, und den Erlebnissen, die wir mit ihnen gehabt

hatten. Bei den Männern ging es fast immer um Politik, um die römische Besatzung, um die Zöllner, die Steuerlast und was man dagegen unternehmen müsse. Vor allem die Fischer übten Druck auf Jeschua aus. Sie glaubten, er sei der Messias und verfüge über göttliche Kräfte, so dass er nur mit den Fingern schnipsen müsse und schon sei der römische Albtraum vorüber.
Simon Petrus drängte am meisten. Wofür war er sonst mit uns gezogen? Es sollte sich schließlich für ihn lohnen. Seit er gesehen hatte, wie ein tot aussehendes Mädchen einzig durch Jeschuas Wort aufgestanden war und wieder herumlief, glaubte er, dafür seien überirdische Kräfte verantwortlich. Wer Tote zum Leben erweckt, für den seien römische Besatzer doch ein Leichtes, nicht wahr? Könne er nicht Lucius Vitellius, den Statthalter von Syrien, und alle römischen Soldaten in Galiläa mit einer schweren Krankheit schlagen, sozusagen die Geschichte mit dem toten Kind umdrehen? Das wär's doch.
Simon, sagte Jeschua, das Mädchen war nicht tot. Nur umnachtet. Außerdem bin ich nicht hier, um Menschen mit Krankheit zu schlagen, sondern um ihnen zu helfen, gesund zu werden, seien sie nun römisch oder jüdisch. Simon Petrus schmollte. Das war seine übliche Art, wenn ihm etwas nicht passte. Er konnte nicht »sprechen«.

Jeschua hielt sich nicht für den Messias. Ich war mir sicher, dass er nicht an einen Erlöser glaubte, weil er wusste: es gibt ihn nicht und es wird ihn niemals geben. »Erlösen müssen Menschen sich schon selber«, hatte er zu mir gesagt, als wir wieder einmal miteinander am Feuer saßen. Er liebte das Gespräch mit mir, auch wenn ich oftmals widersprach und vieles anders sah als er. Und ich liebte das Gespräch mit ihm, auch wenn seine Art, das Leben zu sehen, mir fremd war.
Unter den Männern und Frauen waren Jeschua, Judas Iskariot und ich die einzigen, die des Lesens und Schreibens mächtig

waren. Auch Jeschua hatte in Sepphoris alles aufgesogen, was seinen Geist reicher machte. Wir sprachen dieselbe Sprache, konnten einander Antwort geben. Sein Geist und mein Geist erkannten sich. Wenn ich widersprach und ihm sagte, sein Reich sei bloß eine Idee und den Gegenstand dazu hätte ich noch nicht gesehen, außerdem habe Plato schon gesagt, dass eine Idee Gestalt annehmen könne, aber nicht müsse, dann lachte er und neckte mich: Mariam, du kleines Unkraut, eines Tages wirst du es schon noch merken.
Ach, die Männer und ihre seltsamen Vorstellungen! Ich kochte lieber mit Lea und Ioanna eine Suppe. Dann hatten wir wenigstens etwas zu essen.

Unsere Zärtlichkeit. Lange drückten wir sie nur mit Worten aus und mit unseren Augen. Wann die Liebe beginnt, kann man nicht wissen. Wohl aber, dass sie aus Zärtlichkeit entsteht.
Wie lange hatte ich nicht an die Liebe geglaubt! Kannte nur das dumpfe Zeugen und Gebären, wenn zwei Menschen, von den Eltern zur Ehe getrieben, für den Rest ihres Lebens nichts anderes taten als das, was die Anderen von ihnen erwarteten. Ohne Bewusstsein. Ich hatte es früh durchschaut, den Göttern sei's gedankt. Niemals hätte ich mich darauf eingelassen. Ich, Mariam, Schwester der Penthesilea, die den Kampf liebt. Eher hätte ich Achill getötet als er mich, das hatte ich mir schon geschworen, als ich noch ein Mädchen war.
Doch nun hatte sich etwas verändert. Der Mann, den ich nicht kannte und von dem ich nicht einmal wusste, ob es ihn gab, jetzt hatte er einen Namen: Jeschua, Zimmermannssohn aus Nazareth, wandernder Philosoph. Der mit Mariam sprach.

## 14

Die Menschen denken, es sei nur der Reichtum, den der Nachbar dem Nachbarn neide. Das mag so sein, doch kannte ich auch den Neid, der sich nicht auf meine äußeren

Güter bezog, sondern auf die Güter meines Geistes. Wer sie mir neidete, war Simon Petrus.
Ein Armer kann reich werden. Dazu braucht es nicht viel. Nur Fleiß und ein wenig Geschick in Handelsdingen. Doch der Reichtum des Geistes, er ist uneinholbar für die meisten. Glücklich ein Mensch, dem die Gabe eines wachen Verstandes mitgegeben wurde auf seinen Lebensweg. Und wenn sie Schulung bekam, wie ich sie durch Stephanos erfuhr, ist es selten und kostbar. Denken zu können, durch die Dinge des Lebens hindurchzuschauen als wären sie klar wie Glas, das die Händler in Sepphoris feilbieten, ist mir Bedürfnis und Genuss in einem. Wenn ich etwas entdecke, will ich es verstehen und in seine Tiefe sehen wie in einen See, dessen Grund man erkennen kann, wenn das Wasser sich klärt. Klarheit ist mir heilig. Sie war auch die Quelle der wachsenden Zuneigung zwischen Jeschua und mir. Wir konnten einander etwas geben, das die Anderen nicht besaßen, Simon Petrus am wenigsten. Sein Interesse begann bei der nächsten Mahlzeit und endete bei der Frage, wann wohl die römische Zwangsherrschaft zu Ende sein würde. Alles Andere interessierte ihn wenig. Dennoch wollte er im Herzen Jeschuas dieselbe Stellung einnehmen, wie ich sie besaß. Es konnte doch nicht sein, dass der Rabbi eine Frau höher schätzte als ihn, den gestandenen Fischer! Wie sollte solches in das Bild passen, das er vom Leben besaß? In der Welt des Petrus hatten Frauen sich zu unterwerfen. Weil ich aber Unterwerfung verweigerte und er das spürte, hasste er mich. Und ich hasste ihn. Auch der Vater hatte von mir Unterordnung verlangt, doch ihn hab ich geliebt, bis zuletzt. Aber den Fischer hätte ich am liebsten tot gesehen. Ich leugne es nicht.
Mein Leben hatte mich einen hohen Preis gekostet. Ich war nicht, wie Petrus und die Fischer, den Weg gegangen, den die meisten gehen. Der Herkunft gehorchend und den Geboten der Väter. Wer den Erwartungen der Anderen folgt, hat es leicht. Er muss nicht die Reibungen ertragen, die es kostet, anders zu sein. Er

kennt nicht den Schmerz der Vereinzelung, das Tuscheln der Anderen hinter dem Rücken desjenigen, der nicht so sein will wie sie. Ich litt unter meiner Einsamkeit und dem Zwiespalt mit dem Vater, unter meiner Abwehr gegen die einträgliche Ehe, die er für mich geplant hatte, unseren Streitgesprächen und die ständige Gefährdung meines Rufes. Allein, dass ich aufgebrochen war nach Kafarnaum, war eine Ungeheuerlichkeit gewesen, die der Vater weder billigte noch verstand.
Die Eigenmächtigkeit einer Frau gilt als Schande. In den Augen der Väter.

Petrus besaß ein schlichtes Gemüt. Das lag mir nicht. Ich liebe Menschen, die in ihrem Geist und in ihrem Herzen vielschichtig sind. Die sich nicht anpassen an das, was ist, weil es unerträglich ist. Dass man die Dinge verändern muss, um halbwegs mit ihnen leben zu können, war das Leiden, an dem Jeschua litt und auch ich. Simon Petrus ahnte nicht, wie anders wir die Welt erlebten im Vergleich zu ihm. Seine Welt war in Ordnung. Lediglich die Römer störten ihn und mussten fort. Baldmöglichst. Das war alles.
Wenn Petrus einen fetten Fisch sah, packte er zu. Er hatte diese Art, sich achtlos alles anzueignen, was er haben wollte. Etwas Verschlingendes war in ihm. Ich ertrug es nur mühsam und konnte auch kaum dabei zusehen, wie er aß. Hastig, in viel zu großen Stücken stopfte er alles in sich hinein. Wahrscheinlich merkte er nicht einmal, dass die Keule eines Rindes einen anderen Duft besitzt als die eines Lamms. Für ihn zählte die Menge, nicht der Geschmack. Der Mann hatte einen großen Magen, aber einen kleinen Verstand und ein dumpfes Empfinden. Wenn ich ihn ansah, schwankte ich zwischen Erbarmen und Ablehnung. An guten Tagen tat er mir leid. An schlechten widerte er mich an. Von Anfang an spürte ich, dass es klug sein würde, vor ihm auf der Hut zu sein. Simon Petrus war ein Mensch, der gerne

so sein wollte wie jene Anderen, die er beneidete. Aber er war nicht bereit, denselben Preis zu zahlen wie sie. Bevor ein Mensch die Höhe erklimmt, kostet es Schweiß und Ängste, Zweifel, Mut, Entscheidungen und viel Beharrlichkeit. Die Höhe gibt es nie umsonst. Petrus war von Jeschua fasziniert, weil er Erfahrungen und ein Wissen besaß, das uns in vielem voraus war. Als der Zahltag kam, das sollte viel später sein, ist Jeschua ans Kreuz geschlagen worden und Simon Petrus sah zu, wie er seine Haut retten konnte. Mehr gibt es nicht zu sagen über ihn. Man muss doch schauen, was ein Faktum ist, und wird es wohl beim Namen nennen dürfen.

In Kafarnaum erlebte ich eine Geschichte, die mich lange bewegte. Überall im Land wimmelte es von römischen Soldaten. Unter ihnen gibt es solche und solche. Ich finde nicht alles schlecht, was uns die Römer ins Land gebracht haben, nur weil es römisch ist. Vieles besitzt auch sein Gutes. Können wir heute nicht von einem Dorf zum anderen reisen, ohne Angst haben zu müssen, von den Wegelagerern überfallen zu werden wie früher? Seitdem römische Soldaten unsere Straßen bewachen, ist der Handel sicherer geworden. Ich fürchte die Römer weniger als die Juden. Wenn eine Frau von einem römischen Soldaten Schutz erbittet, bekommt sie ihn. Das ist Ehrensache. Natürlich ächzt auch Isokrates unter der römischen Steuerlast. Die Zölle sind viel zu hoch. Recht haben die Juden, wenn sie sich darüber empören. Doch andererseits: So viele neue Brunnen haben wir, seitdem die Römer nach Galiläa gekommen sind. So viele neue Straßen. Und frisches Wasser für Jerusalem. Die Mutter meiner Mutter hatte oft erzählt, dass der Gestank der Stadt kaum auszuhalten war, bevor die Römer kamen.
In Kafarnaum lebte ein römischer Hauptmann, der die dortige Kohorte befehligte. Er war ein freundlicher Mann, den Juden wohlgesonnen. Er baute ihnen sogar eine Synagoge. Quintus

Pacilius war sein Name. Eines Tages erkrankte sein Knecht. Quintus war dafür bekannt, väterlich für seine Sklaven zu sorgen. Sie hatten ein gutes Leben bei ihm, sofern man davon absah, dass sie eben Sklaven waren und nicht frei. Was kann man erwarten? Quintus wusste immerhin: wenn er Gefolgschaft von seinen Leuten wollte, musste er gut zu ihnen sein. Das ist eine einfache Wahrheit, auch wenn sich viele nicht auf sie verstehen. Nicht bei den Römern und nicht bei den Juden.

Eines Tages hörte Quintus davon, dass ein Jude namens Jeschua in Kafarnaum war, der bei den Kranken Erstaunliches vermochte. Um den Knecht stand es so schlecht, dass man sein Ende bald erwartete. Da schickte Quintus einige Juden zu Jeschua und bat ihn, mit einem Wort den Knecht zu heilen. So etwas hatte ich bei Römern bisher nicht erlebt. Ein römischer Hauptmann mit so viel Respekt vor einem Juden! Sein Vertrauen in Jeschuas Macht, auch der Krankheit seines Knechts zu gebieten, war scheinbar grenzenlos. Wie seine Bescheidenheit. Weil er ein Römer war und nicht ein Jude, hielt er sich nicht für würdig, dass Jeschua sein Haus betrat. Nur ein Wort genüge, um den Knecht gesund zu machen. Jeschua schickte die Diener, die uns entgegengekommen waren, um ihm die Nachricht ihres Herrn auszurichten, sogleich zu Quintus zurück. Sie sollten ihm sagen, das Vertrauen seines Herrn werde den Knecht wieder ins Leben zurückholen. Tage später hörten wir, dass der Mann tatsächlich genesen war.

An diesem Tag lernte ich etwas Entscheidendes: es ist Vertrauen, das einen Menschen gesund macht. Quintus Pacilius vertraute seinen Männern. Und sie vertrauten ihm. Es war die Treue zueinander, die beide stark machte. Das Gefühl, sich aufeinander verlassen zu können. Wo solches sich ereignet, hat die Krankheit keinen Platz. Sie muss weichen wie der Regen, wenn Sonne durch die Wolken scheint.

Bevor ich sah, wie Jeschua mit Menschen umging, war mir der Unterschied zwischen Glauben und Vertrauen nicht klar. Jeschua

war treu zu den Menschen. Auf ihn konnten sie zählen. Unbedingt. Er strahlte eine Kraft aus, die jedem sagte: Stütz' dich auf mich. Ich halte stand, was immer auch passiert. Er sagte es nicht nur, er lebte es. Diese Treue galt Juden, Zöllnern, Römern und auch Sünderinnen gleichermaßen. Er unterschied sie nicht. Ein Mensch ist ein Mensch. Die Schranken, die wir untereinander aufrichten, galten nicht für ihn. Darin war er groß.
Mariam, was unterscheidet einen Römer von einem Juden? fragte er mich einmal. Ich antwortete: Die Herkunft und die Sprache, die Gesetze, der Glaube, die einen haben einen Kaiser, die anderen nicht. Es gibt vieles, was sie trennt. Nein, sagte er entschieden, als ob ihn meine Antwort ärgerte: *Nichts* trennt sie! Sie alle sind das Reich und werden von derselben Sonne beschienen. Das, was sie trennt, ist nur ein Spiel. Doch nehmen sie es viel zu ernst.
Darüber sann ich lange nach.

Vielleicht war Jeschua der erste Mensch, dem ich wirklich vertraute. Ich glaubte ihm nicht, ich vertraute ihm. Das erste spielt sich im Kopf ab, das zweite im Gefühl. Es ist viel tiefer.
Das Zusammensein mit Jeschua besaß etwas Verlässliches. Ich spürte: Solange er lebt, wird er alles tun, damit es den Anderen und mir gut geht in dieser Welt. Einer wie er würde einen anderen Menschen niemals verraten.
Jeschua war gegenwärtig. Er war mit seinem ganzen Sein bei mir. Ich, die Haltlose, spürte: da ist ein Mensch in meinem Leben, seit Wochen folge ich ihm schon, der bleiben wird, wenn alle anderen gehen. Ein Mensch, dessen Zuneigung zu mir keine Bedingungen kennt. Unumstößlich war dieses Gefühl. Es war Gewissheit. Eine völlig andere Erfahrung als das, was ich bisher kannte.
Die Juden sagen, dass Gott sein Volk nie verlässt. Er habe es aus Ägypten herausgeführt und werde es auch von der römischen Knechtschaft befreien, irgendwann. Die Juden sagen so vieles

über ihren Gott. Ich habe es niemals spüren können. Sie reden in ihren Synagogen dies und das, mir war der Kopf ganz wirr davon, wenn ich mit anderen Frauen hinter den Gitterstäben stand und zuhörte, wie der Rabbi aus den Schriften las. Sie reden – und die Anderen müssen dran glauben. Was heißt das schon – Befreiung? Reden kann man viel. Doch ob es stimmt? Meine alte Lust, das, was man mir erzählt, zu überprüfen, ließ mich nicht aus ihren Fängen.

Ich konnte niemals glauben. Kann es bis heute nicht. Wenn mir jemand etwas erzählt, das nicht überprüfbar ist, fühle ich mich wie eine Ziege, der ein Kind die Hand hinhält, damit das Tier glaubt, ihm würde Gras gereicht. Aber die Hand ist leer. In meinem Leben hatte es viele leere Hände gegeben. Das hatte ich nicht verkraftet. Ist es nicht seltsam, dass wir so viel Kraft brauchen, um Enttäuschungen zu ertragen? Kraft zum Leben wäre mir lieber. Vielleicht sagen die Menschen: Mariam ist stark. Doch das ist ein Schein, der trügt. Ich zeige ihnen nicht, wie wenig Halt ich in mir selbst besitze. Sollen sie doch denken, was sie wollen. Ich habe lange gebraucht, bis ich wagte, verletzbar zu sein. Doch jedem offenbaren tue ich es noch lange nicht.

Standhalten. Ich verlange es von einer Botschaft, von einem Menschen und von mir. Das Standhafteste und Verlässlichste, das ich selbst besitze, ist mein Zweifel. Wenn mich einer von Jeschuas Männern fragte: Mariam, woran glaubst du? Dann sagte ich: An nichts! Oh, diese Blicke, die mich dann wie Pfeile trafen! Als hätte ich den Aussatz!

Nein, ich bezeichne mich nicht als Jüdin. Es ist mir lieber so. Wenn ich mich zu nichts bekenne, kann mir auch keiner vorwerfen, dass ich die Gesetze nicht erfülle. Sie gelten dann ja nicht für mich. Es ist weniger beschämend zu sündigen, wenn man ein Sünder ist, als zu sündigen, wenn man zu den Gerechten zählt. Als Sünderin kann ich standhalten. Wenn jemand sich auf etwas verlassen kann, dann darauf, dass Mariam die Hörner vorstreckt wie ein Stier, wenn eine Sache sie nicht überzeugt. Gebote? Götter! Ich halte mich nicht an Gebote, wenn sie sinnlos sind. Lieber bin ich eine gestandene Sünderin als eine Gerechte, der die Anderen nicht vertrauen können. Sollen sie es doch so machen wie ich: die Gesetze Gesetze sein lassen. Dann ist das Leben leichter. Für mich gibt es nur zwei Arten zu sein: so wie ich, ein Mensch des Zweifels und des Widerstands. Oder so wie Jeschua, den Menschen zugewandt und vertrauenswürdig bis in die letzte Faser. An ihn musste man nicht glauben. Was ihn ausmachte, war erfahrbar.

Das ist es, was ich liebe: Erfahrbarkeit. Was ich erfahren habe, das hält stand. Es gibt mir Grund zu leben.

15 | Die andere Mariam. Die Mutter. Ist es nicht seltsam, dass die Frau, die Jeschua geboren hat, und ich, die Frau, die mit ihm geht, denselben Namen tragen? Schreibe ich, die Gleichnamige, in seinem Leben die Geschichte seiner Mutter weiter?

Mariam war eine schöne Frau. Obgleich schon alt, waren ihre Züge noch immer ebenmäßig und ihr Haar zwar weiß, doch voll. Ich konnte ahnen, wie sie ausgesehen hat, als sie ein Mädchen war.

Mariam, die Mutter, kam mit Jeschuas Brüdern nach Kafarnaum, lange vor unserem Aufbruch nach Jerusalem. Als ich sie sah, die alte Frau, erschrak ich. So viel Sehnsucht in den Augen eines alten Menschen. Viel später erst erfuhr ich die Geschichte, die hinter dieser Sehnsucht lag. Jakob, der von sich sagte, er sei ihr falscher Sohn, erzählte sie mir. Wieso falscher Sohn? fragte ich ihn. Weil es für diese Frau nur einen einzigen richtigen Sohn gibt, obwohl sie fünf geboren hat, antwortete Jakob, und dieser Sohn heißt Jeschua. Ich verstand nicht, bis er es mir erklärte.

Als Mariam, die Mutter, jung war, gab es in ihrem Leben einen

Mann, den niemand kannte. Von dem auch niemand etwas ahnte. Bis heute weiß es keiner, nicht einmal Jeschua, wer dieser Mann gewesen ist. Ein wandernder Tagelöhner, ein Rabbiner oder Römer? Nie gab Mariam den Namen preis. Es war ein Thema, über das sie schwieg. Die anderen merkten damals nur: Mariam, die schöne, sind ihre Wangen nicht rosiger als sonst? Scheint sie nicht über den Boden zu schweben, einem Engel gleich? Und ihr Lächeln gar. Liebreizend war sie wie nie, die Augen voller Glück. Jung, blühend und eine Augenweide für jeden, der sie sah.

Eines Tages war es vorbei. Der Glanz verschwand. Anna, die Mutter, merkte als erste, dass Mariam ein Kind erwartete. Welche Schande für die Familie! Die Eltern konnten in sie dringen, wie sie wollten, den Namen des Vaters erfuhren sie nie.
Und Joseph, entfuhr es mir, heißt es nicht von Jeschua, dass er der Sohn von Joseph sei, dem Zimmermann? Joseph, meine liebe Mariam, sagte Jakob zu mir, war nur die Notlösung. Um die Ehre der Familie zu retten. Mein Vater war ein guter Mann. Er liebte meine Mutter, war berührt von ihrer Schönheit und ihrer duldsamen Natur. Vier Söhne und eine Tochter zeugte er mit ihr, bevor er starb, zu jung, der Gram war wohl zu groß. Der Gram? Ja, er wusste wohl, dass er im Herzen seiner Frau niemals den Platz bekam, den jener Mann, der Jeschua mit Mariam gezeugt, dereinst besaß. Die Trauer über ihre Unerreichbarkeit brach ihm das Herz.
Unübersehbar waren Josephs Kinder für Mariam nur Pflicht. Sie ließ die Schwangerschaften über sich ergehen wie ein Feld die Jahreszeiten. Sie kamen und sie gingen. Empfangen und gebären gehören nun einmal zum Leben. Im Erdulden war Mariam groß. Doch niemand, der sie kannte, konnte übersehen: den Tanz des Lebens hatte sie getanzt, bevor all dies ihr widerfuhr. Als sie die Ehe auf sich nehmen musste, weil ihre Sippe es von ihr verlangte, war dieser Tanz vorüber. Wenn da nicht Jeschua gewesen wäre,

ihr Erstgeborener, die einzige Erinnerung, die ihr noch blieb. Auf den sie alle Liebe übertrug, die einst dem Mann gegolten hatte, der sein Vater war. Sein unbekannter Vater.

Damals begann ich zu verstehen. Schon immer hatte ich mich gefragt, warum er anders war als wir. So stark in sich, so sicher seiner selbst, ganz ruhig und voller Kraft in allem, was er tat. Es war die Mutter, die ihm diese Kraft gegeben hatte, mit ihrer tiefen Zuneigung zu ihm. Die Liebe ihres ganzen Lebens hatte Jeschua bekommen. Die anderen Kinder wurden gut versorgt, natürlich, Mariam verletzte niemals ihre Pflicht, doch Liebe, die bekam nur er. Was sechs Kindern gehören sollte, schenkte sie dem Einen, Einzigen.

Jeschua, der Hurensohn. Auch er ein Mensch des Makels so wie ich, die gottlose Hellenin. Wie sehr erschließt sich uns das Wesen eines Menschen, wenn wir seine Geschichte kennen. Nun verstand ich beides: seine Stärke und seine Verzweiflung. So geliebt und so verlassen zu sein, beides zugleich, das muss ein Mensch aushalten können. In seiner Heimatstadt nicht anerkannt, weil sich kein Mann zu ihm bekannte. Es wunderte mich nicht mehr, dass er in Nazareth nicht heilen konnte. Wo ihm dort so viel Verachtung entgegenschlug ob seiner unbekannten Herkunft. Jeder von den anderen Männern hätte die schöne Mariam gerne besessen. Nun ließen sie es an ihm aus, dass es ein Fremder gewesen war, der das Lager mit ihr geteilt hatte.
Wer mit einer solchen Heimat geschlagen ist, tut gut daran, sie zu verlassen.

Mariam, die Mutter, und Mariam, die Gefährtin. Es war eine schwierige Geschichte mit uns beiden, bis zuletzt. Erst bei der Schädelstätte brach es aus ihr heraus. Sie rief seinen Namen. Nein, nicht den Namen Jeschuas, der über ihr am Kreuz hing,

sondern den Namen seines Vaters. Als wenn dieser Mann ihn noch hätte retten können. Da schrie auch Jeschua: Warum, warum hast Du mich verlassen? Er brüllte es. Der Schmerz des ganzen Lebens brach aus ihm heraus, und auch die Wut. Es riss ihn fast herab vom Kreuz, die Nagelwunden bluteten. Er rief den Vater, der sich nie zu ihm bekannt hatte, und auch den Vater, den er stattdessen sich gesucht. Das Reich. Von ihm wird noch zu sprechen sein, wieder und wieder.
Als Mariam und ich uns festhielten, später, bei der Schädelstätte, da verzieh sie mir, dass auch ich ihren Sohn liebte. Da erst konnte sie ihn mir übergeben. Wie schwer das ist für eine Mutter, für diese Mutter, verstand ich erst, als alles fast vorbei war.

Ist es nicht sonderbar mit den Frauen? Dass es im Leben einer jeden nur einen einzigen Mann gibt, den sie wirklich geliebt hat. Wie viele Männer sie auch aufnehmen mag in ihr Haus und in ihren Leib, nur einer und nicht unbedingt der erste fleischt sich ein für immer. Er ist das Maß, an dem wir alle anderen messen. Niemand ermisst die Tiefe, die eine Frau in ihrer Seele einem Mann gestattet. Nur sie selbst. Es bleibt ein Geheimnis den Anderen.
Golgotha, die Schädelstätte. An dem Ort, wo das Leben endet, bricht die tiefste Wahrheit aus den Köpfen der Menschen heraus, sprengt ihre Schädel, aus ihren Mündern löst sich endlich dann der Schrei, der lange unterdrückte. Mariams Schrei und Jeschuas Schrei. Beider Leben hatte auf ihn gewartet.

Wir litten an derselben Krankheit. Er, der vaterlose Mann, und ich, die mutterlose Frau: grundlos zu sein. Waren wir in diese Welt geworfen durch die Laune eines blinden Zufalls? Wer waren wir, er und ich, beide entwurzelt, einsam trotz der Menschenmenge, die uns stets umgab?

Eines Abends belauschte ich ein Gespräch zwischen ihm und seinen Männern. Jeschua forderte sie auf, ihn zu vergleichen: Sagt mir, wem ich ähnlich bin! Simon Petrus, wieder einmal nur darauf bedacht, einen guten Eindruck zu hinterlassen, schmeichelte ihm und erwiderte: Du gleichst einem gerechten Engel. Matthäus antwortete mit mehr Verstand: Du gleichst einem weisen Philosophen. Das traf's ein wenig. Dann äußerte sich Thomas: Rabbi, ich wüsste nicht zu sagen, wem du gleichst. Jeschua erwiderte ihm: Ich bin nicht dein Rabbi, doch hast du etwas aufgesogen von dem, was ich ausgegossen habe.

Die Antwort hatte ihm gefallen. Dass wir einzigartig sind, jeder von uns, auch er.

Thomas war anders als Petrus und Andreas. Das Wesen eines Kindes hatte er nie ganz verloren. Ich sah es an seinen Augen. Sie waren ohne Falsch und unverstellt war auch die Art, in der er ging und sprach. Er besaß nicht den Ehrgeiz der Fischer. Im Unterschied zu ihnen war Thomas ein zufriedener Mensch und nahm den Tag so, wie er eben war. Was für ein angenehmer Mann! hatte ich manches Mal bei mir gedacht. In sich ruhend und frei von zu viel Wollen, das den Menschen krank macht.

Jeschua prüfte seine Männer von Zeit zu Zeit. Ich merkte es. Er wollte ihre Güte erfahren wie der Herr des Weinbergs, der die Trauben kostet, um herauszufinden, ob ihre Süße sich entwickelt hat. Die Arbeiter im Weinberg sollten unterscheiden lernen, auch die Männer Jeschuas, das war zu sehen. Petrus würde die Prüfung nicht bestehen, auch das war absehbar. Er sprach nicht aus sich selbst heraus und redete den Anderen zu häufig nach dem Mund, wenn es für ihn von Vorteil war.

An jenem Abend zog Jeschua sich mit Thomas zurück und sagte ihm drei Dinge. Als Thomas sich später wieder zu den Übrigen setzte, fragten diese ihn: Was hat Jeschua zu dir gesagt? Er antwortete: Wenn ich euch nur eines dieser Dinge sagte, die er zu mir gesagt hat, werdet ihr Steine nehmen und auf mich werfen.

Ein Feuer wird aus diesen Steinen kommen und sie werden euch verbrennen.
Die Fischer erfuhren nie, was an jenem Abend gesprochen wurde. Viel später, in der Nacht von Gethsemane, hat Thomas es mir erzählt. Als wir ahnten: Wie Jeschua die Welt erlebte und wie der Hohe Rat sie sah, das konnte niemals gut gehen. Niemals. Da prallte etwas aufeinander, das mit Leas Steinen, wenn sie Feuer macht, nicht annähernd vergleichbar war. Wenn ein Mensch die Dinge fühlt, der andere sie nur weiß, so sind sie Feinde, unversöhnlich, sprachlos. Kein Wort kann diese Hürde überbrücken. Der Wissende wird nicht verzeihen, dass der Fühlende einen Schatz besitzt, zu dem er selber keinen Zugang hat. Lange, sehr lange habe auch ich gebraucht, um vom einen Lager zum anderen zu wechseln. Eine Frau zu werden, die das Leben nicht mehr nur mit Geist durchdringt, sondern auch fühlend es erfasst, mit Leib und Seele, so wie Jeschua, der lange vor uns den Fluss des Lebens nicht nur sah, ihn vielmehr stark erspürte und sich ganz einließ auf den Strom des fließenden Lebendigseins.

Was Jeschua zu Thomas damals sagte, war ungeheuerlich. Für jeden Juden eine Torheit, ein Verbrechen, Gotteslästerung und Leugnung aller Tradition. Ach, Tradition. War es nicht Stephanos, der mir einst sagte: traditio, liebe Mariam, bedeutet nicht nur Überlieferung. Sie bedeutet auch: Verrat! Wer immer nur Ererbtes weitergibt, verrät das Neue, nimmt ihm seinen Platz.
Noch heute erschüttert mich, was ich damals hörte. Jeschuas Worte an Thomas waren: Glaube nicht – prüfe! Und dass es den Gott, an den die Juden glauben, gar nicht gibt. Der ganze Zauber, den sie machen, Rabbiner und der Hohe Rat, kreist nur … um ein Phantom! Der Tanz ums goldene Kalb hatte doch niemals aufgehört. Moses hat Unrecht daran getan, Aaron und die Israeliten wegen des schimmernden Götzen zu tadeln. Hatte er ihnen denn etwas Besseres geboten? Der Gott des Moses war nicht

Gold und glich auch nicht dem Kalb, doch unterschied er sich nicht wesentlich davon. Drumherum getanzt wird um das eine wie um das andere. Man kann den Mammon auch durch Gott ersetzen, hatte Jeschua Thomas erklärt. Verstehst du? Das Tanzen ist das Problem. Sie beschäftigen sich immer mit einer Sache, die außerhalb von ihnen liegt. Der Mensch kann sein Inneres nur schwer ertragen. Er muss es nach außen stülpen. Auf einen Anderen. Dann wird es für ihn handhabbar. So auch ihr Gott. Solange sie ihn außen suchen, zu ihm flehen und beten, als stünde er ihnen gegenüber wie ein anderer Mensch, wird sich in ihrem Leben niemals etwas ändern.
Wann wird sich etwas ändern, Rabbi? fragte Thomas.
Das mit dem Rabbi konnte er nicht lassen. Jeschua sagte: Wenn du beobachtest, was geschieht und was du dabei empfindest. Empfinde es in ganzer Tiefe, weiche nicht aus! Und dann sei achtsam für das, was sich entwickelt.
So lautete das dritte, was er ihm riet.

16 | Ist es der Glaube, der die Menschen krank macht? Was einer glaubt, das kommt nicht aus ihm selbst, das wird ihm vorgesetzt von Anderen. Glaub dies! Glaub das! So reden sie und kümmern sich gar nicht darum, ob das, was einer glauben soll, ihn wirklich überzeugt!
Das, was mir wohl tat, war nicht Glauben. Der Gott der Juden war mir immer fremd geblieben. Nichts, was mir von außen vorgesetzt wurde, berührte mich im Tiefsten, nur das, was aus dem Inneren kam. So wie bei jener Frau, die eines Tages in das Haus des Joses kam, bei dem wir speisten. Die Hure aus Kafarnaum. Nicht nur den Samen luden Männer bei ihr ab, auch ihre Kälte. Die Frau, ihr Name war Elisabeth, galt niemandem mehr etwas. Wer arm ist und allein, nicht hart genug für diese Welt, wer sich nicht wehren kann, nicht fähig ist, zu fordern und zu kämpfen, landet bald da, wo diese Frau gelandet war: ganz unten.

Als sie das Haus betrat, erschrak ich. Nein, nicht vor ihr. Vor dem in mir, was immer schon gefährdet war, zu werden so wie sie. Hatte nicht Isokrates im Zorn einmal zu mir gesagt, wenn ich ihm nicht gehorchte, würde ich dereinst als Hure enden? Seitdem verfolgt mich das, was er gesagt, in meinen Träumen. Wie schwer es ist, den Bildern zu entgehen, die Andere von uns haben, ich wusste es. Hatte es selbst erfahren. Von welchem Abschaum musste diese Frau umgeben sein, menschlichem Abschaum, dass sie keine Kraft besaß, das Bessere in ihr zum Leben zu erwecken? Was hatte man ihr getan? Schon immer hat es mir das Herz zerrissen, wenn ich jene sah, die niemandem mehr etwas galten, mit denen Andere umgingen, als wären sie ein Tier. Und die so schwach waren, dass sie es auch noch mit sich machen ließen.
Menschen wie Elisabeth hatten mich gelehrt, wehrhaft zu sein. Früh lernte ich, dass Zorn genau so wichtig ist wie Liebe. Schlägt ein Mensch mir ins Gesicht, halte ich nicht noch die andere Wange hin für einen zweiten Schlag. Ich pflege meinen Zorn und kehre dem, der übel mit mir umging, den Rücken. Ich schlag' auch nicht zurück, denn meine Art zu morden ist von anderer Natur: Ich gehe fort und streiche den, der mir einst Böses tat, aus der Erinnerung.

Als sich diese Frau an jenem Tag Jeschua näherte, im Haus des Pharisäers, ging mir ein Stich durch's Herz. Man hatte ihr von ihm erzählt, von seiner Freundlichkeit zu jedermann, ganz gleich ob Römer oder Sünderin. Sie kniete neben ihm und weinte, das Schluchzen schüttelte den schmalen Leib, das ganze Elend ihres Lebens brach aus ihr heraus. Die Einsamkeit, das Wertlossein, ein Leben ohne das Gefühl, geliebt zu werden wenigstens von einem einzigen Menschen. Nie hatte es mich so erschüttert, einen Weinenden zu sehen wie bei dieser Frau. Bitter war die Szene und sie tat mir wohl. Sie löste meinen Kummer ebenfalls,

das Wort, das einst Isokrates zu mir gesagt: an jenem Abend verlor es über mich die Macht. Die Weinende heilte sich und mich zugleich, auch wenn sie es nicht wusste. Jeschua ließ sie weinen, wie er es immer tat, legte nur sanft die Hand auf ihren Arm. Er gab dem Fühlen eines anderen Menschen Raum und Zeit, so lange wie es dieser brauchte.
Sein dürfen. Es ist das größte Geschenk, das ein Mensch dem anderen geben kann. An diesem Tage sah ich es. Jeschua verstand sich darauf wie sonst keiner, den ich kannte. Irgendwann beruhigte sich die Frau. Voll Dankbarkeit, dass Jeschua sie berührt hatte, ganz anders als die Männer es sonst taten, salbte sie ihm seine Füße mit kostbarstem Öl. Sein Duft erfüllte den ganzen Raum und gab ihm eine andere Farbe. Es atmete sich leichter, ein Hauch von Frieden lag nun in der Luft. Bedrückung schwand und wich Erleichterung.

Ich wurde wieder krank, zum zweiten Mal. Seit Monaten folgte ich Jeschua und seinen Leuten, fernab von meinem alten Leben. So hatte ich's gewählt und wollte nichts daran ändern. Dennoch: die Spannung zwischen beiden Welten war zu groß, begann mich zu zerreißen, die Unvereinbarkeit von Früherem und Heutigem, von dem, was altbekannt und dem, was möglich ist. Um mich herum die Welt der Politik, der Römer und der jüdischen Gebote. In mir ein neues inneres Erleben, das im Außen keinen Platz besaß. Die Angst, das Innere sei zu zerbrechlich, um standzuhalten in der Außenwelt. Ich ahnte damals schon, dass es zum Zwiespalt kommen würde. Das Kreuz, es war in mir schon gegenwärtig längst bevor die Anderen es ahnten. Die Unvereinbarkeit von Alt und Neu ergriff von mir Besitz, gewaltig setzte sie mir zu, sie lähmte mich, bis etwas in mir zersprang wie Glas. Und dann: die große Stille. Ich aß und trank und sprach nicht mehr, saß nur noch da und fühlte nichts als Schwärze in der Seele.

Ich hatte viel gesehen: Susannas Heilung, auch die von Salome, von Ruth, der Tochter des Jairus, und nicht zuletzt die weinende Elisabeth. So vieles, das sich löste, das auf einmal leichter wurde. Doch auch das Gute, Lösende muss man verkraften können. Musste *ich* verkraften können.
Ich konnte es nicht mehr. So glitt ich tiefer in mein altes Übel, Grundlosigkeit, hinab, niemand vermochte mich zu halten, auch Jeschua nicht, nicht einmal Stephanos. Dann kam das Fieber. Über Tage schüttelten mich Schweiß und Frost, ein gutes Zeichen, sagte Lea, die meine Fieber kannte und wusste, dass ich stets ein wenig stärker war, wenn ich sie überwunden hatte. Doch dieses Mal war keine Überwindungskraft mehr da. Ich schwand dahin, nicht einmal Nahrung wollte ich noch zu mir nehmen. In meinem Dämmerzustand war mir klar: die alte Welt, wie ich sie kannte, die Juden und Isokrates, die wollte ich nicht mehr. Mariam war wieder da, wo sie schon oft gewesen. Verweigerung als Akt der Selbstbehauptung. Nicht das Ja zum Leben wird mich retten, glaubte ich damals noch, sondern das Nein. Wenn du die Welt gewinnen willst, dann musst du sie zerstören. Wer hatte diesen Satz, der mich besetzte, quälte, folterte, mir einst gesagt? Jeschua? Schemenhaft sah ich seine Gestalt in einem Winkel des Raumes. Schmerzen zerwühlten meinen Kopf. Ich stöhnte.

Im Fieberwahn war jedes Denken schwer, nur ungenau näherte ich mich dem Quälenden. Eins war gewiss: die Antwort auf die Welt, in der ich leben musste, war ein Nein. Das Wort, das mich am Leben hält. Ist es nicht seltsam?
Im Dämmerzustand schaute ich erneut zu Jeschua, auch Stephanos war da. Zwei Menschen, die ich liebte. Ich wollte mich an ihnen halten, doch war ich gänzlich ohne Kraft, einer Gelähmten gleich. Stephanos sah es. Da griff er ein. Er gab mir einen Brei aus Pflanzen, pilzähnlich schmeckte er, und etwas Honig. Kind, iss ein wenig, sagte er, der Väterliche, und strich

mir über's Haar. Dann setzte er sich neben mich, so wie auch Jeschua. Sie blieben und ich ging. Ich tauchte ab, weit in die Tiefen meines Seins, bis auf den Grund, den ich so sehr vermisste, vielleicht auch fürchtete.

Auf einmal war die Mutter wieder da. Ich griff nach ihr im Dämmerwahn, doch sie entschwand, war nicht zu halten. Und auch der Vater war so fern, nicht einmal er gab mir die Hand. Ich schwebte frei im Raum, bedrohlich fühlte es sich an, ständig gefährdet war ich doch, ins Unergründliche zu fallen, ein kleines Kind. Und niemand hielt mich, niemand. Es war entsetzlich kalt, ich fror, war nackt und schutzlos, mir klapperten die Zähne, ich zitterte am ganzen Körper. Dann überfiel mich Angst. Sie war vernichtend, schnürte mir die Kehle zu, nicht einmal atmen konnte ich, das Nichts, das ich so fürchtete, war wie ein Würgegriff um meinen Hals. Fallen, ersticken, haltlos sein und ganz allein, so hatte ich mir das Ende immer vorgestellt. Und es bekämpft. Ich, Tochter eines reichen Kaufmanns, klug, geschützt durch Wissen und durch Reichtum – nichts gab mir Trost. Nichts hatte mir die Angst genommen, weder die Herkunft noch die Schriften, die meinen Geist gebildet hatten. Vergeblich war dies Leben, ausweglos und ohne Halt. Am Ende musste ich es eingestehen. Der Schwebezustand, der bedrohliche, verstärkte sich. Er forderte ein Opfer, das fühlte ich sehr wohl, auch wenn ich noch versuchte, mich zu wehren. Doch war die Kraft verbraucht. Ich ließ mich los und fiel ins Unergründliche, ins Bodenlose. Ganz panisch war ich, voller Entsetzen. Auf einmal hörte ich mich schreien. Ein greller Schrei zerschnitt die Stille, sprengte die Schwärze meiner Seele – und eine Welt von Farben tat sich auf. Ich staunte über ihre Schönheit. Wo war ich nun? Ich schwebte immer noch, nur fühlte es sich plötzlich anders an. Ganz leicht und satt, das Schwere, es war fort. Welch ein Genuss, so leicht zu sein und froh. Ich war gefallen, aber in ein Netz. Ein unsichtbares, doch war es sehr verlässlich. War es der See, der

mich gehalten hatte, mich, eine Welle, von der Jeschua oft sprach? Es zu erklären war nicht wichtig, nur das Erlebnis zählte.
Ganz in der Ferne sah ich Jeschua und Stephanos. Die beiden Bleiber. In meinem Kopf formten sich neue Worte: die Geher und die Bleiber. Mariam, dein Geist ist wirr. Nein, ist er nicht, er formt nur lang Gefühltes neu. So viele Menschen hatte es gegeben, in meinem Leben, die gegangen waren, allen voran die Mutter, auch der Vater, der noch lebte. Ich meiner Tiefe sah ich auch Mariam, mich selbst, die sehr Verschlossene, die Anderen nichts zeigte: keine Freude, keinen Schmerz. Mariam, die Mariam so oft verlassen hatte.
Die Männer in den Synagogen sah ich auch, wie sie sich hielten an den Schriften, Betrunkenen gleich, die etwas brauchten, um sich daran zu klammern. Das Leben ist so schwankend und festen Grund zu finden schwer. War es nicht meine Erfahrung auch? Ich sah die Männer, auf die ich oft herabgesehen hatte. Waren es nicht Männer, die nun bei mir saßen, jetzt, in diesem Augenblick? Jeschua und Stephanos. Der Jude und der Grieche. Wieder glitt ich in meinen alten Zwiespalt: sollte ich glauben oder denken? Ich fühlte: auflösen muss ich die Spaltung, ganz und gar. Jeschua hat nie von mir verlangt zu glauben. Zwar ist er Jude, aber auf andere Art. Fühlen und denken! Ja, jetzt hab ich es gefunden. Das ist es. Fühlen und denken.
Ich landete. Ganz sanft setzte ich auf dem Boden auf, gleich einem kleinen Vogel. Wie gut es tat, den Grund zu fühlen unter meinen Füßen.

Als mein Geist in die gewohnte Welt zurückkam, saßen beide immer noch bei mir: Jeschua und Stephanos. Ich lag in einem Raum, den ich nicht kannte, in einem fremden Haus. Ein Jude aus Kafarnaum, der Jeschuas Geschichten liebte, schenkte uns seine Gastfreundschaft. Es dauerte noch Tage, bis mein Körper wieder Kraft gewann.

Etwas war anders, ich konnte es nicht fassen. Etwas war neu. War nicht der Zwiespalt immer das gewesen, was ich liebte? Nun war auch Nähe da, Gehaltenwerden, Verbindung mit mir selbst und mit den Anderen. Sie war mir fremd. Ich fühlte auch: ich darf mich nicht allein darauf verlassen. Das Andere, Gefahr und Zwist, die gab es nach wie vor. Beides war da, das Tröstliche und das Bedrohliche. Das, was verbindet, ebenso wie das, was trennt. Beides behielt ich im Auge.
Jeschua saß oft bei mir wie damals bei Susanna. Glücklich war ich, wenn meine Hand in seiner lag und er mir über Stirn und Wangen strich. Wie heilsam Nähe ist und schweigendes Zugegensein. Oft fühlte ich: nichts brauche ich ihm zu erzählen oder gar erklären. Er weiß es schon.
Mariam, finde den Grund in dir!
Das sagte er mir damals.

Er war bei mir und ich bei ihm. Ich blieb. Er war der erste, den ich nicht verließ. Viel später wusste ich auch, warum ich's tat: Weil er die andere Hälfte meines Lebens war. Und: damit auch er nicht in der Welt allein sei, in dieser Welt, mit der wir doch zu rechnen haben. Er hatte damals seinen Schrei noch vor sich.

Wenn ich allein war und Jeschua bei den Anderen weilte, ließ ich meine Empfindungen schweifen, wie ich es gerne tue. Neue Erfahrung sucht in der Seele eines Menschen bald den ihr gemäßen Ort. Ich dachte oft an Magdala, an Sepphoris, auch an Jerusalem. Was ich gehört von den Rabbinern in den Synagogen, aus ihren Schriften, von Ioannes und von denen, die sich gern Messias nannten. Ich dachte an die Mutter, kaum noch sah ich ihr Gesicht vor mir, auch an Isokrates, an Stephanos und Lea, die bei mir waren, innerlich und äußerlich. Ich modellierte Mariam aus Mariam heraus, dem Künstler gleich, der einen Stein bearbeitet, bis dass verborgene Form sich in ihm zeigt.

Auf meinem Lager liegend, am Körper schwach, nur stark im Geist, formte ich neue Klarheit. Der Kampf geht weiter, wenn auch Erholung da ist, manchmal, Menschen, von denen ich mich gehalten fühlte und geliebt. Doch gibt es auch die Anderen, die, so wie Petrus, mich unterdrücken wollen. Ich fühlte es. Es blieb die Angst vor ihnen. Wie mühsam es doch ist, in das Gefühl der eigenen Kraft zu kommen und stark genug zu werden, um nicht immer und immer wieder ein Opfer zu sein!
Mein Widerwille gegen die Gebote. Die zehn des Moses und die vielen, die seither hinzugekommen waren. Ich kann nicht atmen, wenn ich das Wort Gebot nur höre. Nein, nie mehr soll mir ein Mensch gebieten, noch ein Gott. Zu Unterwerfung bin ich nicht bereit. Gern geb' ich alles, wenn es aus meinem Inneren kommen darf. Wird es von außen angeordnet, verschließ ich meine Tür. Mit Regeln, ja mit Regeln kann ich leben. Sie haben Sinn, sind etwas Selbstgegebenes, das aus Respekt und Achtung kommt vor anderen Menschen, mit denen jeder Mensch sein Leben teilt. Sie regeln unser Leben, das oftmals wirr und schwierig ist. Ja, Regeln braucht es, doch Gebote nicht. Dazwischen liegt ein Unterschied, jetzt spürte ich ihn klar. Konnte benennen, was mich oft gestört. Was ist mit Gott? Auch ihn verwarf ich, ganz ähnlich, wie ich es mit den Geboten tat. Was soll mir dieses Phantom, uralt und grau, der irgendwo im Himmel sitzt, wo ich nur Wolken sehe oder Sterne? Oder im Kosmos, dessen Grenzen niemand kennt? Wie immer man sich diesen vorzustellen hat, den sie den Höchsten nennen, seine Geschichte muss eine andere sein als jene, welche die Juden sich von ihm erzählen. Viel wichtiger war mir das Netz, das mich gehalten hatte, als ich fiel. Da war etwas in mir, das sich als tragend erwies, tatsächlich, ganz neu war die Erfahrung. Das wollte ich noch oft erleben, immer und immer wieder, das wollte ich erfahren und beobachten, denn hinter diesem verbarg sich etwas, das zu kostbar war, um es womöglich aus den Augen zu verlieren.

Jeschua kannte es, das hatte ich gemerkt. Viel stärker noch als ich. Er ließ sich von ihm leiten. Es war ein inneres Gefühl, gleich einer Stimme, die ihn trug und Sicherheit verlieh.

Als ich genesen war, ging ich zu Stephanos und fragte ihn: Was gabst du mir zu essen, als ich fieberte? Er lächelte: Das war ein ganz besonderes Fleisch, von einer Pflanze, die ein Hütchen hat, als wolle sie beschützen. Man gibt es Menschen, wenn sie sich verlieren.

17 | Von dieser Zeit an wurde vieles anders. Ich fühlte mich sicherer in dieser unsicheren Welt.

An einem Abend, Jeschua saß mit Stephanos, Thomas und mir am Feuer, sprach er erneut vom Reich. Er gab ihm viele Namen: manchmal nannte er es Vater oder See, manchmal sprach er vom All oder vom Licht. Es war das Namenlose. Nur schwer ließ es sich fassen, auch von ihm. Wieder war es Thomas, der ihn fragte: Rabbi, wer ist dein »Vater«? Jeschua schwieg, suchte nach einem Bild, dann sagte er: Mein Vater ist das Licht, das in und über allem ist. Mein Vater ist das All und ich bin auch das All. Das All ist aus mir hervorgegangen und das All erstreckt sich bis zu mir. Spaltet ein Holz: Ich bin dort. Hebt einen Stein, ihr werdet mich dort finden. Wer das ganze All kennt und sich selbst nicht kennt, der kennt das All nicht.
Thomas erwiderte ihm: Wie kann das sein, dass du Jeschua bist und gleichzeitig das All? Das ist nicht möglich. Man kann das eine sein oder das andere, aber niemals beides zugleich. Der Mensch ist klein, das All ist groß, wie soll denn beides eins sein? Jeschua sagte: Denkt euch den Schöpfer fort, es gibt ihn nicht. Der Schöpfer und sein Werk sind eins, nicht zwei: die Schöpfung schöpft sich aus sich selbst heraus. – Wie sollen wir das denken? fragte Thomas. Es ist nicht denkbar, Thomas, nur fühlbar. Sagen

nicht die Schriften, dass wir uns kein Bild machen sollen vom Höchsten? Wir sollen es nicht, weil es nicht möglich ist. Das Höchste ist nicht abbildbar, denn wäre es das, so wär's im Außen. Dort ist es aber nicht, es ist im Inneren, in dem, was jeder fühlt, was jeder ist und was sich durch ihn und aus ihm heraus entwickelt.
Hier regte sich mein Widerspruch: Wenn alles eins ist, woher kommt dann das Übelwollen zwischen Menschen, der Zwist und das Zerwürfnis? Kann denn die Schöpfung mit sich selbst im Zwiespalt sein? Jeschua sagte, das sei nicht möglich, der Vater ließe es nicht wirklich zu, doch glaubte ich ihm nicht. Im Unterschied zu ihm, glaubte ich damals noch, sähe ich die Wirklichkeit genau. So wie sie war. Er folgte einer Theorie, ich sah die Dinge praktisch. Nur fühlte ich mich jetzt nicht länger haltlos. Was immer auch passiert, ich werde ihm gewachsen sein, das war mir nun Gewissheit. Vertrauen? Ja. Die Wohltat dieser Fähigkeit hatte ich erfahren. Doch nicht verlernt zu unterscheiden, wer des Vertrauens würdig ist und welcher nicht.

Am anderen Tag kam Mariam, die Mutter, mit Jeschuas Brüdern Joses, Judas und Simon. Mariam ignorierte mich stets, wenn sie mich sah. Als gäbe es mich nicht. Sie wollte mit ihrem Sohn sprechen, doch Jeschua tat, als hätte er sie nicht gesehen. Als seine Männer sagten, seine Mutter und seine Brüder wollten mit ihm zusammen sein, wies er sie barsch zurück: Wer ist denn meine Mutter? Wer sind denn meine Brüder? Wie kommt ihr denn dazu, sie so zu nennen? Mutter und Bruder ist mir nur, wer eins ist mit dem Vater, so wie ich.
Ach, der Zwiespalt! Es kann ihm nicht entgehen, wer in der Welt ist, nicht einmal Jeschua konnte es, wie sehr er es auch versuchte. Hatte nicht auch er den Dämon, so wie ich? War er nicht besessen von dem Zwang, den Nächsten, wie er oft gesagt, lieben zu müssen, unbedingt? Er zeigte so viel Freundlichkeit und Güte zu den

Fremden, doch seine eigenen Leute, die Mutter, auch die Brüder, waren ihm zuwider, das merkte ich genau. Dabei verstand ich ihn. Lebte ich nicht selbst im Zwiespalt mit Isokrates, wohl wissend, dass es nicht anders sein konnte als so, wie es nun einmal war? Im Unterschied zu Jeschua war dieser Zwiespalt mir bewusst und ich verurteilte mich nicht. Nicht mehr. Als Griechin hatte ich es leichter. Wir Griechen können uns das Hassen zugestehen; die Götter leben es uns vor. Die Juden tun sich schwer damit und Jeschua vor allem. Sympathie, Antipathie, als wohltuend empfinde ich beides in gleicher Weise. Jeschua erging es anders. Dass wir auch Abneigung fühlen können, gestand er sich nicht zu. Nur manchmal brach es durch. Wie an dem Tag, als Mariam und seine Brüder kamen. Ich ahnte etwas. Dass er der Mutter übel nahm, kein anerkannter Sohn zu sein, den Vater nicht zu kennen. Den Brüdern, dass sie echte Söhne waren und nicht falsche so wie er. Er sah dieselbe Sache völlig anders als Jakob. Die Schmach, die Schande, Ausgestoßensein und keine Wurzeln haben, Grundlosigkeit, er kannte das. Der Sohn des Joseph? Er wusste, dass es nicht so war. Die Anderen wußten's auch. Darum hatte er sich dem anderen Vater zugewandt, dem Reich, von dem er so oft sprach. Daher kam seine tiefe Sehnsucht, eins zu sein mit einem Vater, den er im echten Leben nie gekannt. Dass es die Not ist, die uns suchen lässt, und dass wir mehr finden können, als wir gesucht haben: an Jeschua sah ich es zum ersten Mal.

18 | Nicht immer konnte ich ihm folgen. Seine und meine Art, die Welt zu sehen, waren von ganz unterschiedlicher Natur. Es war die Herkunft, die uns trennte. Eines Tages hörte ich, wie Jeschua zu seinen Männern sagte: Wenn ihr Geld habt, leiht nicht gegen Zins, sondern setzt es dort ein, wo ihr nichts zurückbekommt.

Ein anderes Mal erzählte er von einem reichen Bauern, der sein Vermögen nutzen wollte, um zu säen, zu pflanzen und zu ernten, damit es ihm gut gehe und an nichts fehle. Doch dann sei er noch in derselben Nacht gestorben. Als wenn es etwas Böses sei und nutzlos, Reichtümer zu besitzen und sie zu hegen, so kam's mir vor. Ich mischte mich in das Gespräch und fragte ihn: Was ist denn an den Zinsen schlecht, wenn sie angemessen sind und nicht zu hoch? Und warum darf ein reicher Mann nicht für sich sorgen? Nur wer Vermögen hat, kann doch den Seinen etwas geben. Wer arm ist, der hat nichts für sich und nichts für Andere. Jeschua meinte: Wer sich um irdischen Reichtum kümmert, vernachlässigt die Seele und das Reich. Das sei doch überall zu sehen, man brauche bei den Reichen nur genau zu schauen. Eher gehe ein Kamel durch's Nadelöhr als dass ein Reicher sich bemühe um Einssein mit dem Vater.

Ich fühlte mich verletzt, und zornig wurde ich auch. Was ist mit mir? fragte ich ihn erbost. Ist mir das Himmelreich verschlossen, weil ich aus reichem Hause stamme? Bin ich denn niedriger als ein Kamel, weil ich nicht arm bin? Was für ein Bild von arm und reich trägst du in deiner Seele?

Ich sah die Sache anders: Zwei Dinge braucht der Mensch, die Liebe und den Reichtum. Das eine für das Wohlergehen seiner Seele, das andere für das Wohlergehen seines Leibes. Die Liebe macht den Leib nicht satt, der Reichtum nicht die Seele, so ist es wohl. Doch sind wir Wesen, die täglich Nahrung brauchen. Da ist es gut und sinnvoll, Vorsorge zu treffen. Jeschua widersprach mir: Das Leben ist mehr als die Speise und der Leib mehr als die Kleidung. Sieh doch die Raben. Sie säen nicht, sie ernten nicht, haben nicht einmal eine Scheune und Gott ernährt sie trotzdem jeden Tag. Um wie viel wertvoller sind doch Menschen gegenüber Vögeln! Wieso dann sorgen für den nächsten Tag? So sprach Jeschua.

Doch mir war es zuwider, wie er schwärmte, und langsam wuchs mein Zorn. Jawohl, wenn ich ein Rabe wäre und nur eine Handvoll

Körner bräuchte, könnte ich auf Scheunen gut verzichten! Wie lange kann ein Mensch von einer Handvoll Körnern überleben? Sehen wir's nicht täglich an den Bettlern? Füllt sich ihr Magen nur durch Gottvertrauen?

Vertrauen auf das Reich? Dagegen ist nichts einzuwenden, warf ich ein, wenn man es mit Geschick verbindet und es versteht, gute Geschäfte zu machen. Die allen etwas bringen, die daran beteiligt sind. Das hatte ich von Isokrates gelernt. Als Kaufmann war er ehrbar. Ging gut mit anderen Händlern um. Sie schätzten ihn.

Die Götter mögen mich vor jedem Mann bewahren, der Philosoph ist! Xanthippe konnte ich gut verstehen. Hatte nicht Sokrates schon unterstellt, der Körper sei das Grab der Seele?

Leben sei mehr als die Speise! Das nur zu denken, schien mir unerhört. Unmöglich kann das jemand sagen, der jemals einem Haushalt vorgestanden hat. Jahrelang hatte ich in Magdala dafür gesorgt, dass täglich zehn Leute zu essen hatten, Abend für Abend. Und wenn der Vater Gäste einlud, waren es manchmal auch zwanzig. Vom Körnchenpicken kriegt man die nicht satt. Da heißt es Planen, Kaufen, Lagern, Kochen vom frühen Morgen bis zur Nacht. Was Jeschua nicht wissen konnte: gern hatte ich's gemacht. Ich liebte es, mit Lea auf den Markt zu gehen und Waren zu besorgen. Wir konnten immer alles kaufen, was für uns nötig war. Magdala liegt an der Karawanenstraße, und bei den Händlern war stets alles zu haben, was man brauchte. Isokrates gab große Feste, das wusste jeder, doch nicht allein für sich und seine Freunde. Auch das Gesinde hatte eine gute Zeit bei uns. Und jeder Bettler, der an unser Tor geklopft hat, bekam Oliven, Brot oder ein Stück vom Braten. Wenn Lea krank war oder jemand von den Knechten und Mägden, pflegten wir sie, bis sie genesen waren. Wir gaben ihnen Wein und immer gutes Essen, sie waren Teil unserer Familie, bekamen Brot und Arbeit, Ruhestatt, Freundlichkeit und einen guten Lohn, so wie es sich gehört. Sorgen? Die hielten wir von ihnen fern. Die Sorgen, die Isokrates sich machte, wenn Räuber Waren stahlen, Händler Verträge brachen oder er Bezahlung nicht bekam, die ihm gebührte, all diese Sorgen trug er stets allein. Sie drückten ihn oft schwer.

Reichtum, Mehrhabenwollen, ist es nicht ein Bedürfnis, das man verstehen muss? fragte ich Jeschua. Der Mensch kommt nackt und schutzlos auf die Welt, nicht einmal ein Fell hat er wie manche Tiere. Nach einigen Jahrzehnten droht ihm das Alter. Er wird kraftlos und schwach, oftmals auch krank. Steht es ihm denn nicht zu, für eine Zeit zu sorgen, wenn seine Lebenskraft allmählich schwindet? Wie meistens dachte ich vor allem praktisch. Von Schwärmereien halte ich nicht viel. Als Jeschua sagte, ein Mensch, der mit dem Vater eins werden wolle, müsse sich eben von allem lossagen, was er besitzt, da schüttelte ich nur den Kopf.
Hast du nicht selbst gesagt, man soll dem Kaiser geben, was des Kaisers ist und Gott, was Gottes ist? Der Kaiser ist der Leib und Gott die Seele. Gib dem Leib, was des Leibes ist, und der Seele, was der Seele gebührt, aber behandele den Leib nicht wie einen Sklaven! Sind Seele und Leib nicht wie Mann und Frau – und einer dient dem anderen? Wer kann da sagen, der Mann steht höher als die Frau oder gar: die Frau sei mehr wert als der Mann? So ist es doch nicht. Hör auf, den Leuten zu erzählen, man könne nur Gott dienen oder nur dem Mammon, aber niemals beiden zugleich! Mit welchem Recht behauptest du denn solches? Das heißt ja, jeder Reiche wird dereinst von Gott verstoßen, weil er aufgrund seines Reichtums schlecht ist, und jeder Arme sei allein deswegen schon gut, weil er nichts besitzt.

Jeschua und den Anderen erzählte ich damals von Ezechiel, Händler in Magdala. Am Morgen bringen ihm die Fischer ihren Fang, denn sie sind müde, wenn sie die halbe Nacht in ihren Booten wachten, bis alle Netze voll geworden sind. Wenn sie sich schlafen legen, verkauft Ezechiel für sie die Fische. Billig sind diese nicht, doch gut und frisch, denn kühl und schattig ist sein Haus, so dass die Ware nicht verdirbt. Das wissen alle, die in Magdala leben, und kaufen Fische lieber bei Ezechiel als auf dem Markt, wo stets die Sonne brennt. Sie zahlen etwas mehr bei ihm, doch jeder weiß, dass Ezechiel die Fischer, die ihm am Morgen ihren Fang bringen, sehr gut entlohnt. Teilhaben lässt er sie an dem Gewinn und ist auch gut zu Kranken, gibt ihnen gern von seinem Überfluss.

Man kann Gott dienen und dem Mammon, sagte ich Jeschua. Es gibt doch Menschen, die wie Ezechiel stets ihren Reichtum mehren mit Geschick, und dann viel Gutes tun für Andere. Hast du nicht selbst gesagt, dass alles, was man dem Geringsten seiner Brüder Gutes tut, auch Gutes tut an Gott? Dem Vater, Reich oder wie immer du es nennst? Wie kann ich Anderen Gutes tun, wenn ich nichts habe, um es zu verschenken? Ich sehe die Sache anders: Man kann Gott erst richtig dienen, wenn man auch dem Mammon dient! Ich will's nicht länger Mammon nennen. Ich nenn es: Fülle, Wohlergehen, Freude und Gesättigtsein. Ein Mensch, der reich ist, schenkt auch gern. Es macht ihn froh, mit Anderen zu teilen. Dein Armutpredigen ist mir zuwider. Es macht die Menschen klein!

Wir waren wieder einmal uneins und gingen uns für Tage aus dem Weg.

Nicht selten war ich damals voller Ärger. Wenige Wochen zuvor, wir waren in Bethsaida, nicht weit entfernt vom Ort Kafarnaum, hatte sich wieder einmal eine große Menschenmenge um Jeschua versammelt und ihm zugehört, wie er vom Reich sprach. Sie brachten ihre Kranken. Manche heilte er, manche auch nicht. Er konnte es nicht immer. So war es eben. Es hing auch davon ab, wie stark ein Mensch sich öffnen konnte und fähig war, auf Heilung zu vertrauen.

Der Strom von Menschen riss nicht ab. Der Mittag war vorüber. Die zwanzig, dreißig Menschen, die stets um ihn waren, und andere, die ihm folgten, wurden hungrig. Wir hatten fast nichts mehr zu essen – nur noch fünf Brote und zwei Fische. Für hundertfünfzig Menschen oder mehr.
Ausreichend Nahrung zu besorgen, war nicht immer leicht. Manchmal brachten die Leute Speisen mit, wenn sie zu Jeschua kamen. Manchmal lud uns ein reicher Pharisäer, Kaufmann, Zöllner oder Römer in sein Haus und bewirtete uns gut. Gelegentlich half Jeschua mit seinen Männern aus, wenn irgendwo ein Haus zu bauen war oder ein Dach zu flicken.
An jenem Tag in Bethsaida hätte die Speise, die noch da war, längst nicht für alle gereicht. Ich ging zu Stephanos und Lea und beriet mit ihnen, was zu tun sei. Jeschua musste mit den Kranken sprechen. Er konnte sich nicht darum kümmern, was wir am Abend essen sollten.
Uns blieb nur eins: Wir gingen in die Stadt hinein und fragten, wo wir Brote kaufen konnten, vielleicht auch Fische und Oliven. Man nannte uns drei Händler. Wir kauften dreißig Brote, hundert Fische und einen großen Korb voller Oliven. Mit diesen Speisen machten wir uns auf den Weg zu Jeschua und seinen Leuten. Am Abend hatte jeder zu essen und keiner musste hungrig bleiben.
Wir hatten niemandem davon erzählt. Brot, Fische und Oliven waren am Abend da und jeder konnte davon essen. Das Unerhörte passierte erst einige Tage später. Petrus erzählte doch tatsächlich, Jeschua hätte auf wundersame Weise Brote und Fische vermehrt. Auf einmal sei für fünftausend Männer Speise dagewesen, unglaublich war's, am späten Abend hätte man sogar zwölf Körbe übrig gehabt. Fünftausend Männer? Ich musste an mich halten, nicht laut zu lachen. So viele Menschen leben gar nicht in der Gegend! Außerdem sah ich mehr Frauen dort als Männer. Und Kinder auch. Die hatte Simon Petrus offensichtlich übersehen.

Oder nicht sehen wollen. Für ihn zählte wohl nur derjenige als Mensch, der groß und kräftig war – und männlich.
Als Stephanos mir die Geschichte zutrug, schwankte ich zwischen Zorn und Spott. Was erlaubte sich Simon Petrus, die Dinge derart zu verdrehen! Den guten Glauben schlichter Menschen zu missbrauchen, damit sie ihn mit großen Augen staunend ansehen! Schon lange vor Jerusalem und lange vor der Kreuzigung begann der Fischer sehr geschickt, Jeschuas besondere Talente für sich auszuschlachten. Zu seiner eigenen Bereicherung. Von Heilungen und Wundern wusste er zu berichten, wie Tote auferstanden, Lahme gingen und das Brot sich mehrte. So machte er die Leute willig und gefügig. Sie öffneten ihm ihre Tür, wollte doch jeder seinen Anteil an dem Wohlergehen, für das zu arbeiten nicht nötig war.
Wer Wunder braucht, ist nicht zu retten, sagte Stephanos damals achselzuckend. Wir ahnten schon in Galiläa, dass Petrus und die Fischer aus einem Menschen namens Jeschua, in dem viel Liebe war, aber auch Irrtum wie in jedem Menschen, dereinst ein einträgliches Geschäft zu machen wüssten. Ehrbare Menschen – waren diese Männer nicht! »Der große Schwindel« nannte Stephanos das Gerede von den Wundern. Wie viel hätte ich dafür gegeben, wenn Simon Petrus dem Rabbi nie begegnet wäre. Die beiden Männer suchten nicht dasselbe, doch war es ihnen lange nicht bewusst.

Ich grollte noch. Es war nicht so, dass ich letztlich nicht wusste, was Jeschua uns sagen wollte. Ich verstand sehr wohl, dass Jeschuas Widerwille gegen jeden Reichtum ein Widerwille gegen Menschen war, die sich bereicherten auf Kosten Anderer. Und dass er es verurteilte, wenn Menschen meinten, mit Reichtum könnten sie ihre Seele nähren. Jahrelang hatte ich jede Bequemlichkeit genossen, die sich ein Mensch nur wünschen kann, und war doch in der Seele unglücklich geblieben.

Ich war nicht fromm, nicht wie die Juden, doch hatte ich mich wenigstens bemüht, mit Menschen, die mir anvertraut, gut umzugehen – so, wie ich selber wollte, dass man mir begegnete. Mägde und Knechte in Magdala hab ich mit Freundlichkeit behandelt. Ich hörte ihnen zu und wurde selten unwirsch. Gab jedem, was er brauchte, wenn es in meiner Macht stand. Doch hatte ich auch folgendes gesehen: Nicht jeder hatte gleiche Gaben und Talente. Der eine war, so wie Isokrates, ein guter Kaufmann. Der andere kümmerte sich wenig um die Handelsdinge. Er arbeitete nur dann und wann und wollte seine Ruhe. Wir hatten niemals Sklaven, nur Arbeiter, die wir entlohnten und gut behandelten.

Wo entsteht Habsucht? Nur bei den Reichen? Habsucht entsteht doch, wenn die Seele ungestillt ist. Das kann den Armen ebenso wie den Reichen widerfahren. Deshalb ist doch der Reichtum nicht verwerflich. Zwar verstand ich, wogegen Jeschua sich wandte, aber er unterschied mir nicht genug. Wenn er aus Menschen das Gift der Gier herausziehen will, muss er doch zusehen, dass sie an Leib und Seele satt sind und zufrieden. Muss ihnen zugestehen, dass ihr Bedürfnis, reich zu sein und glücklich, zutiefst berechtigt ist. Auch können wir doch unseren Geist erst bilden, wenn uns der Magen nicht mehr knurrt und unsere Seele heiter ist.

Einige Tage später bekamen wir von einem reichen Römer aus Kafarnaum, der Jeschuas Gleichnisse liebte, einen Korb voller Melonen. Lea schnitt sie in Scheiben und gab jedem seinen Teil. Ich nahm mein Stück und setzte mich auf einen Baumstamm in der Nähe. Die Frucht war eine Köstlichkeit, besaß genau die rechte Reife. Ihr Fleisch war weich, zerging wie Honig auf der Zunge. Der süße Saft erfüllte meinen Mund. Er kühlte meinen heißen Gaumen. Die Sonne ging bald unter, die Hitze hatte sich gelegt und eine leichte Brise wehte über mein Gesicht.

Auch Jeschua hatte sich seinen Teil geholt. Er kam zum Baumstamm, setzte sich neben mich und sah mir zu, wie ich mit Lust meine Melone aß. Er lächelte. Sein Lächeln hab ich erwidert. Wir machten unseren Frieden.
Ob er verstanden hatte, warum ich über Reichtum anders dachte als er, das wusste ich nicht wirklich. In diesem Punkt blieben wir für lange Zeit einander fremd.
Ich litt darunter.

19 | Damals in Bethsaida begann sich etwas zu verändern. Es traf mich wie ein Schlag.
Jeschua konnte hingehen, wohin er wollte. Nirgends blieb er verborgen. Die Kunde von seinen heilerischen Gaben, auch von der Weisheit seiner Reden hatte sich in ganz Galiläa herumgesprochen. Kaum war bekannt, wo er sich aufhielt, strömten die Leute zu ihm. Sie brachten ihre Kranken oder hofften, er würde wieder einmal Brot vermehren. Was Letzteres betraf, so machte ich mir meine eigenen Gedanken.
Jeschua merkte bald: er besaß Einfluss. Er, der Rabbuni selbst, viel mehr noch seine Botschaft, seine Worte. Ich glaube, in Bethsaida wurde es ihm voll bewusst. An manchen Abenden zog er sich von uns zurück, setzte sich ein Stück entfernt unter einen Baum und dachte nach. An anderen Tagen war er unruhig und wirkte wie getrieben von etwas, das tief in ihm saß. Eines Abends erfuhren wir, was ihn bewegte: Er wollte nach Jerusalem. Wollte nicht länger in Galiläa predigen, sondern dort seine Kraft erproben, wo die Macht wohnt.

Hielt er sich doch für den Messias, für den Erlöser, auf den die Juden schon so lange warteten? Ich hatte gehofft, dass er, dass wenigstens Jeschua nicht angesteckt war von dem, was ich, wenn ich mit Stephanos allein war, »die jüdische Krankheit« nannte. Die Hoffnung auf den Einen, der einst kommen wird

und jedem Menschen abnimmt, was dieser selbst vollbringen muss.
Eines Abends, wir waren im Gebiet des Philippus, gab es einen Streit. Zwischen Jeschua und Simon Petrus. Man höre! Der Rabbi und sein Fischer hatten einen Zwist! Jeschua fragte seine Männer: Für wen halten mich die Leute? Sie antworteten: Manche für den Täufer, manche für Elias, und andere denken, du seiest ein Prophet. – Und ihr? Für wen haltet ihr mich? fragte Jeschua. Petrus, eilfertig, wie es seine Art war, erwiderte: Du? Du bist der Messias! Jeschua trug ihnen auf, zu niemandem davon zu sprechen. Und dann sagte er uns etwas, das mich entsetzte. Er sprach davon, dass er, als Sohn des Vaters, wie er den Gott zu nennen pflegte, viel leiden müsse. Von Ältesten und Hohepriestern, Römern und Schriftgelehrten. Sie würden ihn verwerfen, vielleicht auch töten. Er sagte es ganz offen. Petrus fuhr auf, er widersprach ihm, machte ihm Vorwürfe, er solle solches doch nicht sagen! Es war der einzige Moment in diesen Jahren, in dem der Fischer Simon Petrus mir sympathisch war. Umso mehr erschrak ich über Jeschuas Antwort. Er fuhr den Fischer an und sagte: Du denkst nicht das, was Gottes, sondern was der Menschen ist! Dann sagte er zu den Anderen: Wer mir – er meinte wieder seine Art von Einssein mit dem Vater – nachfolgen will, muss sich verleugnen und sein Kreuz auf sich nehmen.

Sein Kreuz? Hatte ich recht gehört? Wusste er wirklich, was er sagte? Das grausamste Folterinstrument der Römer soll man freiwillig auf sich nehmen? Was sagst du da? fragte ich Jeschua entsetzt. Er sah mich an: Mariam! Wer sein Leben retten will, wird es verlieren. Wer aber um des Reiches, um des Vaters willen bereit ist, sein Leben zu verlieren, wird es retten.
Ich war verwirrt.
Stephanos sagte später: Mariam, wenn sich in einem Volk ein jeder schuldig fühlen muss, weil er als Mensch geboren wurde,

obwohl es keinen Grund für diese Schuld gibt, dann wird es irgendwann jemanden geben, der Sühne leisten will für diese Schuld. Das steckt in ihnen wie ein Dämon. Deine und meine Art, das Leben zu empfinden, ist griechisch, Jeschuas Art ist jüdischer Natur. Er will dem Elend, das er täglich sieht, ein Ende setzen, indem er sich selbst zum Opfer macht.

Ich versuchte, ihn zu verstehen. Doch es gelang mir nicht. Stattdessen wuchs mein Misstrauen. Schon immer hatte ich mit vielem, was die Juden bewegte, im Zwist gelegen. In ihnen war eine merkwürdige Lust: zu leiden, zu büßen, zu fasten und zu beten. Ihr Hang, sich selbst zu quälen, war mir fremd. Dass hier das eigentliche Übel lag, von dem auch Jeschua nicht frei war, allmählich zeigte es sich mir. Hatten die Juden nicht einen seltsamen Gott? Einen strengen Vater, Züchtiger und Peiniger, der nur darauf zu warten schien, dass Menschen Fehler machen. Der sie ständig erziehen musste. Die Vorstellung, ein Kreuz zu tragen, um Gnade vor ihm zu erringen, schien mir ein Wahn zu sein.

Das Leben zu genießen, ist einem Menschen wohl nicht einfach möglich. Unfähigkeit zum Glück. Damals begann ich zu verstehen: dies ist die eigentliche Krankheit, an der wir leiden. Fast kommt es mir so vor, als drücke manche Menschen das Gewissen, sobald es ihnen gut geht.
Was Joshua bewegte, was er uns lehrte: Dass unser Gott nicht außerhalb zu denken, sondern in uns selbst lebendig ist. Dass wir ihn fühlen können, wenn wir fühlen lernen, was uns im Innersten bewegt. Dass er wie ein Daimonion uns führt, wenn wir ihm Führung überlassen. Doch: Jeschua war Jude. Tief saß die jüdische Krankheit auch in ihm. Zu tief, um wirklich frei zu sein von ihr. Die Lust am Tod, an Leiden, an Kasteiung, ich hielt sie für gefährlich. Oft hatte ich erlebt, dass eingetreten ist, was ich erwartet habe! Und jetzt sprach Jeschua von seinem Tod, von Folter

gar und Kreuz. Traf ihn ein Wahn? Das fragte ich mich damals. Wusste er nicht, was er da tat, dass er sich selbst gefährdete? Was ist mit uns, mit ihm und mir? Mit unserer Lust am Anderen, der Freude am Gespräch, das uns von Anfang an beglückte? Besaß es keine Bedeutung mehr? Er schlug mir ins Gesicht, wenn er von seinem Tod sprach! Wir sollten leben lernen, nicht sterben! Das Leben wirft man doch nicht einfach fort, als sei es Spreu!
Und wieso er? Wieso soll Jeschua aus Nazareth die ganze Welt erlösen? War er es nicht gewesen, der mir einst sagte – wie lange ist es her? – »Erlösen müssen Menschen sich schon selber.« War es ein Rückfall, dass er heute anders dachte? Doch dem Messiaswahn verfiel, zuletzt? Wie eine Krankheit, die in einem Menschen steckt, ganz unbemerkt, und wieder auflodert, wenn er geschwächt ist und erschöpft? Jeschua, der Held, Herkules ähnlich oder Prometheus, der Andere rettet, indem er selber stirbt? Oh nein, diesem Gedanken verweigerte ich mich. Für diesen Wahn versagte ich dem Mann, dem ich bisher gefolgt war, mein Verständnis. Das dachte ich nicht nur, ich sagte es ihm auch. Wir wurden wieder einmal uneins.

Ich konnte nicht verhindern, dass sich die Zeiten häuften, in denen wir einander nicht verstanden. Zeiten der Ferne. Sie schmerzten mich. Jeschua machte sich auf einen Weg, auf dem ich ihm nicht folgen wollte. Zwar folgte ich, indem ich bei ihm blieb. Doch nur im Außen. Ich wollte nicht hineingezogen werden in diese Sucht nach Kreuz und Tod. Ich wollte leben, glücklich sein. Ist es nicht des Menschen tiefstes Bedürfnis?

Jeschua zog es nach Jerusalem. Er wollte dorthin, wo die Macht sitzt. Wohin sie alle strebten, die Juden ebenso wie die Römer. In diese Stadt, in der es dauernd gärte, das unruhige Jerusalem. Es war zu klein für die vielen, die König dort zu sein behaupteten. Es war die Welt, mit der ich noch nicht fertig war. Auch ich nicht.

Bethsaida war ein Wendepunkt. Seit damals ließ die Angst mich nicht mehr los. Sie auszuhalten, kostete mich viel.
Ich spürte damals schon, ganz tief in meinem Leib, dass ich die Katastrophe nicht verhindern konnte. Begrenzt war meine Kraft. Auch das. Es ist so schwer, es zu bejahen, dass der Mensch, den man liebt, den Weg zu gehen hat, der in ihm angelegt ist, von Urzeit an. Einen anderen Weg als mein Weg.

20 | Die Zeit in Galiläa war vorüber. Den See, von Kindheit an mir Heimat, verließen wir, um fortzuziehen nach Süden, nach Samaria, Judäa und Jerusalem.
Auch auf dem Weg dorthin versuchte Jeschua, Kranke zu heilen, so gut er es von Fall zu Fall vermochte, und lehrte uns in Gleichnissen. Zu lehren war ihm innerste Natur. Das, was er fühlte und verstand, musste er teilen. Bereitwillig gab er seine Schätze weiter, vor allem jene Schätze, die sein Geist gesammelt hatte.
Eines Tages traten drei Pharisäer an ihn heran, um ihn mit Fragen zu erproben. Noch oft sollten wir mit Männern ihres Schlags zu tun bekommen. Die Pharisäer waren kluge Leute, viele von ihnen hochgelehrt. Bewandert in den Schriften, verstanden sie es gut zu disputieren. Früh hatte ich meine Erfahrungen mit ihnen gemacht, um nicht zu sagen: Ich fiel auf sie herein. Jeschua widerfuhr dies nicht. In diesem Punkt war er zu schlau und hatte einen klaren Blick.
Was ich an Pharisäern grundsätzlich zu schätzen wusste, war ihre Bildung und ihre Fähigkeit zur differentia. Sie waren sehr belesen und ihnen zuzuhören, war Nahrung dem Verstand. Das liebte ich, gab es in meinem Leben außer Jeschua und Stephanos schließlich nicht viele Menschen, die mir geistige Nahrung boten. Den Geist zu schärfen, ist mir Bedürfnis wie Trank und Speise für den Körper.
In Magdala lebte ein Händler, der Pharisäer war. Gavriel war sein Name. Peinlich genau befolgte er, was das Gesetz befahl. Nicht

einmal eine Dattel nahm er zu sich, ohne zuvor die rituelle Waschung zu vollziehen. Am Pfosten seiner Haustür befand sich stets ein Streifen Pergament mit Worten aus den Schriften, wie Moses es befahl: »Schreib die Gebote auf die Pfosten deines Hauses und an deine Tore!« So wollte Gavriel sich Tag für Tag erinnern an den Gehorsam gegenüber den Gesetzen. Dreimal am Tag pflegte er das Pergament zu küssen und brachte seine Ehrerbietung für Moses und die Schriften so oft zum Ausdruck, wie es ihm möglich war. Das blieb nicht ohne Eindruck. Nicht auf die Anderen und nicht auf mich. Auch wenn ich mit den jüdischen Gebräuchen nicht sonderlich viel anzufangen wusste, besaß ich doch Respekt davor, wenn einer lebte, was ihm Überzeugung war. Damals, zehn Jahre ist es her, war ich sehr jung, sehr einfältig, glaubte den Menschen aufgrund von bloßem Schein. Dann sollte ich merken: Vertrauensseligkeit ist keine Tugend. Sie ist eine Torheit. Wie sich dann später zeigte, war Gavriel, der fromme Gavriel, ein Mann, der Andere gewissenlos betrog. Er kaufte Waren, die er nicht bezahlte. Unzählige Male musste man ihn drängen, bis er Bezahlung leistete. Nicht wenige, darunter auch Isokrates, bekamen niemals ihren Lohn. Gutgläubigen Witwen nahm er Geld ab, angeblich um es zu vermehren, in Wirklichkeit benutzte er's, um eigene Schulden zu begleichen. Die Hinterlist, mit vorgespielter Frömmigkeit Vertrauen zu erschleichen, durchschaute ich erst spät, als andere Händler uns berichteten, wie weit es mit der Treue Gavriels zu den Geboten wirklich her war. Was ich damals wie heute nicht verstand: Obwohl er ständig Rechte Anderer verletzte, hielt er sich selbst für einen frommen Juden, wahrscheinlich für den frömmsten, den es je gegeben hat. Wie ist's nur möglich, dass ein Mensch die Kluft nicht wahrnimmt zwischen seinem Reden und dem Tun?

Ich wollte wie die Tauben leben, als ich ein Mädchen war, arglos und rein. Nun bin ich eine Frau und habe gelernt, im Umgang mit der Welt die Klugheit einer Schlange anzuwenden: misstrauisch sein und voller Vorsicht. Stets mit dem Falsch zu rechnen. Mich nicht verlassen auf den Anderen, den ich zuvor nicht oft geprüft. Der fromme Gavriel lehrte mich vieles: dass Menschen, die im Gewand oder im Namen eines Erzengels einherstolzieren, oftmals der Satan höchstpersönlich sind. Misstrauisch hatte es mich gemacht. Bisweilen fühlte ich darüber Trauer. Dass ich durch Gavriel so viel verloren hatte. Vor allem meine Gabe, von der ich in der Jugend viel besaß: vertrauensvoll auf Menschen zuzugehen. Ich hatte sie mir abgewöhnt im Lauf der Jahre. Viele Enttäuschungen saßen wie Gift in meiner Seele. Ich lernte, mit allem zu rechnen und nicht mehr überrascht zu sein, wenn etwas außen heilig aussah, darinnen aber Satan war. Seither schaute ich mehrmals hin, bevor ich mich auf einen Menschen einließ. Dass ich mich weigerte zu glauben, nur schwer vertrauen konnte und mühsam wieder lernen musste, dass Menschen auch verlässlich sind, lag an den Pharisäern und an denen, die sich verhielten so wie sie, Gavriel und manche andere, die ich noch kennenlernen sollte. Ist es nicht ein Verhängnis, dass ausgerechnet Menschen, die hehre Werte besonders laut auf ihren Lippen tragen, genau das Gegenteil von ihnen leben? Es war eine Erscheinung, die ich nur schwer verstehen konnte. Ich selber bin ein Mensch mit vielen Fehlern, empfindlich, leicht zu kränken, nachtragend, nicht ohne Hochmut, oftmals zu anspruchsvoll und selbstgerecht. Ich weiß es. Doch weil ich's weiß, hab ich mich wenigstens bemüht, nicht fromm zu tun. Wer Umgang mit Mariam haben will, soll wissen, dass sie nicht einfach ist und sich, wie bereits gesagt, zu wehren weiß, wenn einer sie verletzt. Nein, fromm bin ich wahrhaftig nie gewesen. Ich liebe es, den Zorn zu pflegen, und, bin ich auf jemanden erzürnt, weil er mich ärgert und mir Übles antut, dann wünsche ich ihm so viele Plagen an den Hals, wie ich nur denken kann. Rachsucht ist mir nicht fremd. Ich bin ein Mensch mit allen Schatten, die einem Menschen eigen sind.

Wer Werte auf den Lippen trägt und sie nicht lebt, zeigt der nicht nur geborgten Glanz? Aus seinem Munde glänzt es, doch seine Taten zeigen Rost und Fäulnis. Auch meine Taten glänzen nicht, das stimmt sehr wohl, konnte ich doch der Welt nicht geben, was sie von mir erwartet hat. Doch was ich mir zugute halte – bin ich jetzt eine Pharisäerin? –: niemals hab ich mich aufgeführt, als wäre ich ein frommer Mensch. Zu sehr war mir bewusst, dass ich's nie war.

Jeschua disputierte mit den Pharisäern gern. Er foppte sie bisweilen, indem er ihnen auf eine Weise antwortete, wie sie es nie von ihm erwartet hätten. Sie waren ja so ungeheuer fromm! Als sie ihm einmal Vorhaltungen machten, weil er mit Zöllnern und mit Sündern umzugehen pflegte so wie mit Seinesgleichen, erwiderte er nur: Nicht die Gesunden brauchen einen Arzt, sondern die Kranken!

Was sollten sie darauf noch erwidern?

Darin war Jeschua ein Meister: mit einem einzigen Satz den Anderen ihr selbstgerechtes Maul zu stopfen! Wie oft hab ich's erlebt und musste mir viel Mühe geben, nicht laut zu lachen! Wenn Gegner Klingen wetzen, die Klingen ihres Geistes, bereitet mir das stets ein köstliches Vergnügen. Dabei noch ernst zu bleiben, nicht schallend loszulachen und so die hohen Herren zu beleidigen, war gar nicht leicht.

Für Jeschua zählten wohl auch die Pharisäer zu den Kranken. Er zeigte lange Zeit sehr viel Geduld mit ihnen. Später wurde es anders. Das war mein Einfluss. Zornig zu werden, das lernte er von mir. Sein Wort, das er uns auf dem Berg gesagt, dass wir nicht richten sollen und nicht verurteilen, galt lange auch für Pharisäer.

Ich sperrte mich dagegen. Denn richten – tue ich gern. Ich habe meine eigene Art, mit Menschen umzugehen. Ich bilde mir so lange kein Urteil über einen Anderen, wie er mir Anstand und

Respekt entgegenbringt. In meinem Leben gibt es viele Menschen, die ich niemals gerichtet habe und auch nie verurteilt. Stephanos oder Lea und Susanna, Jakob und Ioanna und viele andere auch. Weil es nicht nötig ist. Sie alle sind Menschen von herzlicher Natur, die weder über mich noch über Andere herrschen wollen. Wenn sie die Dinge anders sehen, als ich es tue, so sprechen wir miteinander, oftmals sehr lange, bis jeder den Anderen versteht. Wir finden immer einen Weg, den alle billigen. Den jeder gehen kann, auch wenn's am Anfang anders ausgesehen hat. Es ist nicht nötig, Menschen, mit denen solches möglich ist, zu richten oder zu verurteilen.

Anders ist meine Haltung gegenüber Menschen, bei denen ich früh merke, dass meine Seele ihnen wenig gilt. Die das, was ihnen wichtig ist, auf meine Kosten durchzusetzen suchen. Gleichgültig gegenüber meiner Freundschaft, letztlich auf Macht und Herrschsucht aus, auf Geld und ihre ganz persönliche Bereicherung. Misstrauisch werde ich, beobachte sie scharf und bilde mir eine Meinung, die keine Zweifel offen lässt, was ich von ihnen halte. Dann fälle ich ein Urteil über sie, das klar ist wie das Wasser, geschliffen wie ein Schwert. Es dient nur – meinem Schutz.

Jeschua tadelte mich dafür: Kennst du die Wunden, die einen Anderen zu dem gemacht, was er geworden ist? Deshalb darfst du nicht richten, niemals, und wenn dein Nächster dich auch noch so sehr verletzt.

Ich widersprach ihm heftig: Oh nein! Ist nicht ein Urteil manchmal wertvoll? Hilft es mir nicht, den eigenen Geist zu schärfen und Klarheit zu gewinnen über Wege, die ich mit Anderen gehen will oder nicht mehr bereit zu gehen bin? Habe ich nicht ein Recht, mich selbst zu schützen, indem ich durch ein Urteil mir klar mache, wo jemand Unrecht tut mir gegenüber und auch Anderen? Wenn jemand Macht viel höher setzt als Freundschaft und sich auch so verhält, ist er mein Feind. Das lass' ich mir nicht

nehmen! Ich achte deine Liebe zu den Menschen, aber zu viel Liebe und zu wenig Unterscheidung, seh ich als eine Form von Torheit!
Das saß. Es traf ihn.

Nicht länger wollte ich ein Opfer sein von Anderen, die sich zu Herren über mich erhoben hatten. Nachdem es so viel Kraft gekostet hatte, vom Vater fort zu gehen, der viel zu lang geglaubt hat, Herr sein zu dürfen über eine Tochter, Herr über Mariam. Ich hatte einen harten Kampf geführt um jene Freiheit, mein Fühlen, Denken und Handeln eins sein zu lassen. So schwer ist es gewesen, durch die Jahre meines Lebens heil zu bleiben an der Seele, an der so viele Andere ständig biegen, sie gar zu brechen suchen. Isokrates, die Priester, die Pharisäer auch.
Es wäre mir nicht gelungen ohne die Waffen, mit denen ich mich stets dagegen wehre: Urteilsvermögen, Schärfe des Verstandes, die Kunst des Richtens und des Unterscheidens.
Jeschua fragte mich damals: Was, Mariam, gilt dir als Höchstes: der Reichtum oder die Liebe zu den Menschen?
Beides, erwiderte ich ihm. Dazu: die Klarheit meines Geistes.

Ich bin kein Arzt, wie Jeschua es ist, der Seelenarzt und Heiler. Ein solcher muss verstehen und verzeihen, alles, mit grenzenloser Güte und Geduld. Nur so ist Heilung möglich. Zwischen dem Kranken und dem Arzt ist es natürlich, das Richten und das Urteilen zu lassen. Doch ich bin keine Heilerin, sondern wie viele Andere ein einfacher Mensch und sehr gewöhnlich, außerdem Händlerstochter. Ich brauche Menschen um mich herum, die sich an Regeln halten, die wir uns selbst gegeben, um miteinander auszukommen, Tag für Tag. Ich lasse mir nicht nehmen, mir meinen Teil zu denken und manchmal auch zu sagen, wenn jemand diese Regeln bricht, so wie ich's auch vertragen kann, wenn jemand mich daran erinnert, wo ich mich nicht an Regeln

halte, was durchaus manches Mal geschieht. Denn meine Achtsamkeit ist unvollkommen. Wenn jemand mich dann richtet – heißt es nicht: richtig macht? – und an den rechten Weg erinnert, so ist mir's recht. Was würde aus uns allen, wenn's keine Regeln gäbe? Hätten wir nicht bald ein zweites Sodom und Gomorrha?
Jeschua ermahnte mich: Hab mehr Verständnis für die Menschen! Die tolerantia ist zwar ein Gut, erwiderte ich ihm, doch hat auch Grenzen, was ich von Anderen ertragen will. Können wir nicht täglich in der Natur beobachten, wie wichtig diese sind? Wenn unser Magen verdorbene Speise zu sich nimmt, so wird ihm übel und er erbricht sich. Schon bei der Wahl der Nahrung müssen wir an Regeln denken, den Juden ist es wohlvertraut. Für mich sind Menschen, die sich nicht an Regeln halten, nicht koscher. Ich mag sie nicht und wehre mich gegen sie. Wieso soll für die Seele anderes gelten als für den Leib?
Darauf erwiderte er nichts.

21 | Ein anderes Mal stellten die Pharisäer Jeschua erneut auf eine Probe. Es war zu der Zeit, als wir in das Gebiet Judäas zogen. Da kamen Schriftgelehrte auf ihn zu und fragten, ob es einem Mann erlaubt sei, seine Frau zu entlassen? Schon diese Frage stieß mir auf. Gern hätte ich mich mit einer Gegenfrage eingemischt: ob es auch einer Frau erlaubt sei, den Mann fortzuschicken, wenn sie ihn nicht mehr wolle? Aber ich verschloss meinen Mund und schwieg.
Jeschua stellte den Pharisäern eine Gegenfrage: Was hat denn Moses euch geboten? Sie antworteten: Moses hat erlaubt, einen Scheidebrief zu schreiben und eine Frau, die einmal Ehefrau gewesen, aus dieser Ehe zu entlassen.
Jeschua sagte ihnen: Eurer Herzenshärte wegen schrieb er euch dies Gebot.
Bei den Juden ist es möglich, dass ein Mann die Ehefrau fortschickt, wenn er sie nicht mehr will. Und umgekehrt? Wir

Frauen haben keine Möglichkeit, die Männer fortzuschicken, wenn sie uns unerträglich werden. Das ist für mich die eigentliche Härte.

Die Schriften sagen, wenn ein Mann an seiner Frau etwas Schändliches entdeckt oder sie ihm nicht mehr gefällt, kann er sie mit einem Scheidebrief aus seinem Haus entlassen. Doch was ist mit einer Frau, die Schändliches an ihrem Mann entdeckt? Die Schriften sagen nichts dazu. Was soll auch eine Frau wie die des Simon Petrus machen, an deren Rock so viele Kinder kleben wie Fliegen an Melonen? Fortgehen oder den Mann, der für sie sorgt, entlassen? Bitteres Lachen entlockt mir dies. Die Männer decken uns mit Kindern ein und danach können wir doch sehen, wo wir bleiben. Ich weiß, warum ich eine solche Ehe niemals wollte. Ich liebe meine Freiheit, den Amazonen gleich, ohne die Bürde vieler Kinder mein Leben zu gestalten. Auch hatte ich häufig beobachtet, dass ein Mann die Frau nur so lange begehrt, wie sie von Kindern unbelastet ist. Sobald sie Mutter wird, verliert er das Interesse. Was ist der Mann, wenn nicht ein Tier, das ganz natürlich reagiert? Was will er denn, wenn nicht mit möglichst vielen Frauen reichliche Nachkommenschaft zu zeugen? Hat er sein Ziel erreicht, verlässt er sie, hält Ausschau nach der Nächsten. Da können sie Gebote schreiben, wie sie wollen, dachte ich grimmig, ändern wird's trotzdem nichts. Natur ist eben doch Natur. Klug ist es, mit ihr zu leben und nicht gegen sie.

Jeschua liebte Kinder, sehr sogar, vor allem ihre Fähigkeit, den Eltern zu vertrauen. Oft sagte er, der Mensch müsse von Kindern lernen, dem Urgrund seines Seins, dem Vater, so zu vertrauen wie eines von den Kleinen. Wie schwer das ist in einer Zeit, die voll ist an Enttäuschung und Betrug, an Folter gar, das brauche ich niemandem zu erzählen, der Augen hat zu sehen.

Was sind denn Kinder? Sind sie nicht immer wieder ein Versuch des Reiches, Wesen zu schaffen, von denen es sich erkannt fühlt, wenn sie erwachsen wurden und bewusst, so wie es Jeschua geworden ist? Doch wie soll des Petrus arme Frau acht Kindern geben können, wessen ein einzelnes soviel bedarf: Liebe und Achtsamkeit, Nahrung, Gespräch und Schulung, damit sein Geist gebildet wird und es gesund an Leib und Seele ist. Wovon wir träumten in den damaligen Tagen und noch immer: Wir wollten einen neuen Menschen schaffen – mit einer neuen Qualität des Menschseins: liebevoll, klug, des Reiches und seiner selbst bewusst, an Leib und Seele schön und reich an Geist und Gütern, fähig zum Glück, friedfertig, wehrhaft, stolz, vertrauensvoll und mutig. Das war der Mensch, den Jeschua im Geiste vor sich sah und den er schaffen wollte – und mit ihm viele Andere, die damals bei ihm waren, sich abgewendet hatten von väterlichen Geboten, den tödlichen, so wie auch ich.

Wir sollen fruchtbar sein, uns mehren, ja – im Leib, doch ebenso in unserem Geist! Das ist es doch, was uns zu Menschen macht.

Damals am Jordan hatte ich schon gespürt, dass eine neue Zeit im Kommen ist. In dieser neuen Zeit wird Evas Einfluss schwinden und Lilith kehrt zurück. Sie wird mit Adam im Paradies den Reigen des Lebendigseins beginnen, den Tanz von Mann und Frau, reizvoll und kämpferisch, voll Lust und Schönheit.

Was kümmert mich ein Kain, ein Abel, das mörderische Brüderpaar? Ich hatte viel zu viel gesehen, um nicht zu wissen, dass eine Frau zu wählen hat: Mann oder Kind? Sobald die Frauen Kinder haben, verlieren sie den Mann aus ihren Augen. Sie reagieren wie die Tiere. Das ist natürlich. Ich konnte es verstehen. Mir aber liegt der Mann mehr als die Kinder. Es ist der Zweikampf, den ich letztlich suche. Ich tanze gern mit Pfeil und Bogen.

Muss nicht ein Mann auch wählen, so wie die Frau? Will Fleisch und Blut er schaffen, so braucht er Eva. Will er ein Werk der Nachwelt hinterlassen, so braucht er Lilith, die Mitdenkende, die seinen Geist lebendig hält und mit ihm in den Zwiespalt geht, wo alles Neue seinen Anfang hat. Eva und Lilith, die Unvereinbaren, dem Wasser und dem Feuer gleich. So war es zwischen Jeschua und mir, die Lilith folgte. Er lehrte seine Botschaft, und ich liebte das Anderssein von ihm und mir. Zärtlichkeit schwang zwischen uns, wenn wir beisammen waren, aber auch Kampf. Und niemals endet dieser zwischen Mann und Frau.

An jenem Tag, als die Pharisäer Jeschua fragten, ob man seine Frau entlassen dürfe, erwiderte er ihnen: Was Gott verbunden hat, dass soll der Mensch nicht trennen. Ein rätselhaftes Wort. Am Abend fragten ihn die Männer, was er denn damit meine. Und er entgegnete: Wer seine Frau entlässt und eine andere heiratet, der bricht an ihr die Ehe. Ein klares Wort und ganz das Gegenteil von dem, was Moses einst gesagt.
Was Jeschua den Männern nicht verriet: dass dieses Wort, das er gesagt, die halbe Wahrheit war. Dass er es nur gesagt aus Mitleid. Mit uns, den Frauen. Weil er es nicht ertrug, dass eine Frau, allein und schutzlos, oftmals mit Kindern, lieblos verlassen wird, obwohl sie in der Welt, in der wir leben, den Schutz und Rückhalt eines Mannes braucht. Er hatte oft genug gesehen, was Frauen leiden. Und dann noch fortgeschickt zu werden, womöglich noch, weil eine Mutter von zehn Kindern nicht jede Nacht dieselben Dienste leisten kann und will wie eine Sünderin, das wollte Jeschua nicht billigen. Nicht jede Frau war frei wie ich und reich genug, auf eine Ehe zu verzichten. Wie viele Bettlerinnen gab es, Entlassene, wie viele Kinder hungerten, weil sie dem Vater gleichgültig geworden sind oder es von Anfang an schon waren. Mit seinem klaren Wort erstrebte Jeschua vor allem eins: Missstand wie diesen für alle Zeit zu unterbinden.
Doch das erfuhr ich später. Als ich Jeschua fragte, abends allein mit ihm am Feuer, wie es denn aussehe, wenn Mann und Frau von Gott verbunden sind, da schwieg er, schaute mich an, nahm meine Hand und hielt sie lang in seiner. Jener Moment war ein

Ereignis außerhalb von Zeit und Raum. Er brannte sich auf immer in mein Herz, noch dann, wenn ich den Geist aushauche, werde ich ihn fühlen.
Ich brauchte keine Antwort mehr. Sie lag in seinen Augen und in der Wärme seiner Hand. –

An Bethsaida wollte ich nicht mehr denken. Ich wollte es vergessen wie einen Albtraum. Wenn wir aus ihm erwachen, in Schweiß gebadet, so wenden wir uns gern der Tagesarbeit zu, um nächtliche Bedrückung abzuschütteln wie Hunde aus ihrem nassen Fell das Wasser. –

Jeschua. Einst werden sie ihn missverstehen. Es kann nicht anders sein. Was er gesagt hat, um eine Frau zu schützen, werden sie nehmen, um ein Gebot daraus zu machen. Zusätzlich zu den vielen, die sie haben. Sie werden sagen: wenn ein Rabbiner Mann und Frau verbunden, so ist dies unauflöslich, und zwar für alle Zeit! Das passt zu ihnen. Dann haben sie ein weiteres Gesetz geschaffen, um sich daran zu klammern, unfähig zu eignem Stand, so sind sie eben. Wer soll denn beides – Liebe und Zwiespalt – in einer Welt verstehen, die voll ist von Geboten und Gesetzen, in der Lebendigsein, das Schwingen zwischen Gegensätzen, gar nicht gewollt ist?
Er sagte seinen Männern damals nicht, dass die Verbundenheit von Mann und Frau von Herz zu Herzen geht, ein Innerliches ist. Gar nichts damit zu tun hat, ob sie vor den Rabbiner treten, die Ehe eingehen und vor dem Gesetz zu Mann und Frau geworden sind. Das eigentliche Verbundensein ist ein Gefühl. Es kommt – und kann auch gehen. Und wenn es geht, dann hat Gott das, was er zuvor verbunden, eben gelöst. So einfach ist es, und wer es fassen kann, der fasse es. Ein Scheidebrief ist ein Verhängnis, wenn eine Frau und ihre Kinder den Schutz des Vaters, den sie zum Überleben brauchen, verlieren und hilflos werden ohne ihn.

Er ist ein Segen, wenn Mann und Frau einander lassen dürfen, nachdem Gott das, was er zuvor verbunden, wieder gelöst hat. Vielleicht kommt einst die Zeit, da Menschen einen Scheidebrief genau so feiern wie die Hochzeit. Ist denn nicht beides ganz natürlich? Schwingt denn nicht unser Leben ständig zwischen zwei Extremen, einander widrig, ganz und gar? Wie Tag und Nacht, wie Mann und Frau, Winter und Sommer, Bewegung oder Ruhe? Warum soll Eins gut sein, das Andere schlecht? Warum soll's gut sein, sich zu finden, und schlecht, einander wieder loszulassen? Nein, die jüdischen Gesetze sind meine Sache nicht. Ich bin und bleib eine Hellenin. Das freie Wehen meines Geistes verträgt den Kerker der Gebote nicht.

Jeschua war ein Unbeschnittener. Ich wusste es von Mariam. Weil er nicht in seiner Heimatstadt zur Welt gekommen war, hatte man am achten Tag nicht in den Tempel gehen können, um die Beschneidung an ihm vorzunehmen. Zwar hatte Joseph später oft darauf gedrängt, doch Mariam hatte geschickt gewusst, es zu verhindern. Sie hatte mir gesagt: Ich hätte nicht ertragen, wenn irgendeiner, und sei es auch ein Mohel, sich meinem Sohn mit einem Messer genähert hätte.
Irgendwann ließ Joseph davon ab, auf der Beschneidung zu bestehen, war Jeschua ja ohnehin kein Sohn von ihm. Womöglich war sein Vater auch kein Jude. Der Mann, der Jeschua gezeugt hat, blieb lange das Geheimnis jener Frau, die ihn geboren hat.

Für mich war es ein Glück, dass Jeschua nicht beschnitten war. Denn dadurch war er anders als die jüdischen Männer, die ich ansonsten kannte. Ein Unverletzter, nicht tief verwundet wie die Anderen, die nicht nur an ihrem Glied beschnitten waren, sondern zuallererst in ihrer Seele. Was war das für ein Gott, der eine Verstümmelung zum Zeichen seines Bundes machte? Hatte er's nötig, die Männer seines Volkes zu schwächen und zu quälen, um seine Herrschaft über sie zu festigen? Ich glaubte nicht an heiliges Gerede: dass nur derjenige ein richtiger Jude war, der seine Vorhaut opferte. Was hatte denn das eine mit dem anderen zu tun? Mir, einer Griechin, leuchtet das nicht ein. Früher forderten die Götter Menschenopfer, seit Abraham war's nur noch die Vorhaut, die dran glauben musste, sobald der Vater eines Sohnes gläubiger Jude war. Es schüttelt mich, wenn ich nur daran denke. Barbaren sind es! Ich konnte nicht verstehen, wie man solch eine Wunde einem Kind, das gerade eine Woche auf der Welt ist, zufügen kann. Dass sie nicht gleich das ganze Glied abschneiden, zutrauen würde ich's ihnen! Wenn es zur Fortpflanzung nicht nötig wäre, täten sie es wahrscheinlich auch entfernen. So schneiden sie nur das ab, was die Lust vermehrt, nicht nur den Männern, den Frauen ebenfalls.

Nichts hat ein Gott in dem Bereich zu suchen, der Mann und Frau allein angeht. Das war die Meinung Jeschuas. Als ihn einmal die Fischer fragten: Nützt die Beschneidung wirklich etwas? erwiderte er ihnen: Wenn sie tatsächlich etwas nützte, dann würde jeder Vater seinen Sohn von Anfang an beschnitten mit der Mutter zeugen. Wenn Söhne unbeschnitten das Licht der Welt erblicken, dann sollen sie so sein, wie sie von der Natur geschaffen sind. Was der Mohel macht, ist nur Menschenwerk.

Das war ein klares Wort. Schon immer hatte mir gefallen, wenn etwas ganz natürlich ist und auch natürlich bleiben darf. Das Künstliche, was sich der Mensch im Kopf zurechtdenkt – meist um den Göttern oder irgendwelchen Oberen zu gefallen –, ist mir zuwider. Entfernt es uns doch oft davon, ein Mensch zu sein, der unbeschwert und unbelastet ist.

Seitdem ich eine Frau geworden und nicht durch einen Ehemann, sondern durch einen römischen Geliebten die Liebeskunst erlernte, ist mir bewusst, wie sehr sich jüdische Männer von römischen unterscheiden. Jüdische Männer scheinen mir nicht wirklich Mann zu sein. Nicht nur, weil ihnen ihre Vorhaut fehlt.

Das ist bedauerlich, doch lässt es sich verschmerzen. Nein, es ist die Unterwürfigkeit, die sie dem Vatergott des Volkes Israel entgegenbringen. Ein echter Mann ist ganz und gar ein Mann – und unterwirft sich keinem Gott. Er unterwirft sich den Gesetzen, die der res publica und der Familie dienen. Wozu braucht er den Gott? Ein Römer ist Herr seiner selbst. Nie würde es ein römischer Vater dulden, dass seinem Sohn das Glied, von einem Priester gar!, verletzt wird. Römische Väter machen ihre Söhne stark, jüdische schwächen sie. Jüdische Männer sind tief in ihrer Seele machtlos. Sind sie nicht darum für die Römer eine leichte Beute? Ist nicht dieser verhängnisvolle Schnitt ein Nein des Vaters zu seinem neugeborenen Sohn, so wie's im letzten Grunde ein Nein des Vatergottes ist zu seinem angeblich geliebten Volk? Sagt nicht der Gott der Juden in ihrem ersten Buche, dass jeder Mann, der nicht beschnitten ist, den Bund gebrochen hat und ausgerottet werden soll aus seinem Volk? Wir sollen einen Gott, der Menschen foltert und verstümmelt, lieben, gar verehren! Einen Barbaren?

Nein, als ganze Männer gelten mir die Juden nicht. Die Römer gehen mir schon sehr viel mehr ins Blut. Ich wundere mich nicht, dass sie die Herren über Palästina sind. Wie soll's auch anders sein bei einem Volk, das seine Männer schwächt, kaum sind sie auf der Welt. Die Juden haben Angst vor ihrem Gott und wollen ihn beschwichtigen, indem sie sich verletzen.
Nein, solch ein Gott ist keiner, dem ich folgen will.

22 | Wir waren in Bethanien, im Haus von Lazarus und seinen Schwestern Martha und Maria, als Jeschua zu uns vom Beten sprach.
Einer der Männer, ich glaube, es war Thomas, bat ihn: Lehr uns das Beten, wie es Ioannes einst getan.
Was Jeschua daraufhin erwiderte, ist mir noch heute lebhaft im Gedächtnis, denn es war fremdartig, schwer zu verstehen und

brach mit jeder Tradition.
Er sagte damals: Ihr braucht nicht zu beten. Beten ist eine Art zu sein so wie die Kinder, wenn sie vom Vater oder von der Mutter Hilfe haben wollen. Schutzlos und klein sind sie, brauchen die Liebe und Fürsorge der Eltern. Doch ihr seid keine Kinder mehr! Deshalb: was braucht ihr das Gebet? Werdet zu Menschen, die sich selbst Vater und Mutter sind. Die sehen, was zu tun ist, und sich aufmachen, das Nötige zu unternehmen. Die alt genug sind, sich jede Hilfe, jede Unterstützung selbst zu holen, wenn sie der Hilfe bedürfen. Sagt zueinander – und sagt es klar und deutlich! –, was jeder von euch fühlt und denkt, was jeder von euch will – dann helft euch selbst und gegenseitig. Reden ist wichtiger als Beten, hilft auch mehr.
Habe ich zu euch nicht oft vom Reich gesprochen, vom Himmelreich, dem Kosmos, manchmal nenn' ich es Vater, manchmal Geist? Wo glaubt ihr, dass es sei? Da oben in den Wolken? Dort ist es, aber nicht nur dort. Das Reich ist überall, alles ist Reich, auch ihr seid es. Es ist in euch, gestaltet euch, macht euch zu seinem Teil in jedem Augenblick. Könnt ihr denn zu euch selber beten? Es geht nicht, werdet ihr erwidern.
Drum: Wenn ihr eine Bitte habt, so betet nicht zu einem Gott, der irgendwo da draußen ist. Der Gott, der euch am nächsten ist, hat seinen Wohnsitz in der eigenen Seele und in den nächsten Menschen, die täglich um euch sind. Teilt ihnen mit, was ihr euch wünscht und bittet sie um Hilfe. So wie auch ihr die Hilfe geben sollt, die jene dann und wann von euch erbitten.
Ich sage euch: Lasst ab vom Beten! Stattdessen öffnet euren Mund und teilt euch Anderen mit! Handelt! Und wenn das Leben allzu qualvoll wird und ihr nichts ändern könnt, so weicht dem Schmerz nicht aus. Betretet seinen Raum, kostet ihn aus, lasst euch von ihm erfüllen ganz und gar. Und dann beobachtet, was sich in euch und dem, was um euch ist, entwickelt. Am tiefsten Punkt des Schmerzes verändert sich die Welt.

Wer dies beherzigt, wird ein gutes Leben haben und Friede ist mit ihm und seinem Haus.

Während er sprach, hatte Maria, die jüngere der beiden Schwestern, fast jedes Wort von seinen Lippen abgelesen. Sie saß zu seinen Füßen, schaute zu ihm empor, voll Ehrfurcht vor dem Prediger, von dem so viele ihr erzählten hatten.
Die beiden Schwestern waren sehr verschieden. Martha, die ältere, hatte uns gastfreundlich begrüßt. Am Morgen waren wir von Jericho aufgebrochen und einen langen Tag gewandert. Verstaubt und durstig erreichten wir Bethanien am Abend, wo Lazarus und seine beiden Schwestern schon auf uns warteten. Marthas Natur war fürsorglich. Sie sah sofort, wie sehr die Hitze jenes Tages uns zu schaffen machte, wie staubig, durstig, hungrig wir gewesen sind, als wir Bethanien erreichten. Sie holte sogleich Krüge voll mit Wasser, frisch aus dem Brunnen hoch geschöpft. Was ist doch kaltes Wasser an einem heißen Tag für ein gewaltiger Genuss! Was brauche ich Wein, den Saft von Früchten, wenn ich nur durstig bin und klares Wasser trinken kann! Dann füllte Martha Wasser in Bottiche und Schüsseln, damit wir uns den Staub von den Gesichtern waschen und unsere wunden Füße kühlen konnten. Kaum hatten wir den Durst gestillt und uns erfrischt, brachte sie Brote, Wein, Oliven, Früchte, hielt ihre Magd an, Fische zu braten und war aufs Eifrigste darum besorgt, dass wir alles bekamen, was sich ein Mensch nur wünschen kann, der einen langen Weg gewandert ist an einem heißen Tag. Es bewegte mich sehr und tat mir wohl.

Maria war von anderer Art. Ein Mädchen noch und leicht beeindruckbar. Eine der Frauen, die gerne schwärmen. Noch lieber übersehen sie, was ihre Pflichten sind, denn Pflichten machen Mühe. Gibt es nicht Menschen, die ihr Leben lang ein Kind sind, vor allem in der Seele? Sie lernen nie, die Anderen wirklich

wahrzunehmen, leben in ihrer eigenen Welt, etwas versponnen sind sie auch. Sie beten jeden Tag und merken nicht, dass sie die Fähigkeit verlieren, mit Anderen natürlich umzugehen, je häufiger sie in den Synagogen sitzen. Fromme Frauen, vor allem die besonders Gottgefälligen, leben – so scheint es mir – auf seltsame Weise nicht wirklich in der Natürlichkeit des Lebens. Alles in ihrem Denken und in ihrem Tun ist viel zu sehr durchsetzt von Geboten, von einer töchterlichen Ehrfurcht vor dem Vater und dem Vatergott. Götter! Wenn sie doch wenigstens auch fluchen könnten oder schimpfen! Wär' es nicht menschlich oder wünsche ich es nur, weil ich so viel geballte Heiligkeit nur schwer ertragen kann?
Und dieses stete Wiederholen von Gebeten! Schon immer fand ich's gegen die Natur und ohne Leben. Nichts ist so unerträglich wie eine Frau, die ihrem Gott gefallen will, sei er nun himmlisch oder irdisch, und ihre ganze Aufmerksamkeit darauf verwendet, besonders fromm zu sein. Die Angestrengtheit, die das kostet, nimmt Anderen den Atem.
So eine war Maria, das Kind, dem nicht zu helfen ist. Jeschua nahm sie nicht ernst, das sah ich. So gütig er zu jedem Menschen war, der seine Hilfe brauchte, so abweisend konnte er zu denen sein, die ihm ein Spiel vorspielten, sich allzu wichtig taten oder sich vor Pflichten drückten wie Maria.

Was dieses Mädchen heilen würde, sind nicht die Psalmen, sondern ein römischer Geliebter, der ihr den Schlaf raubt, der sie verführt und ihre Sinne für die Leidenschaft zu wecken weiß. Dann würde sie genesen von ihrer frommen Andacht, weltfern wie sie war. Doch ist es nicht so, dass fromme Frauen selten echte Männer um sich dulden, denn echte Männer sind lebendig – und nicht fromm? Ich grinste. Der Spott ist mir bisweilen ein Vergnügen.
Später, als der Abend weiter fortgeschritten war, versuchte Simon Petrus wieder einmal, Jeschua zu beeindrucken. Den ganzen

Abend hatte er – wohlwollend – das Kind Maria angeschaut, wie es mit großen schwarzen Augen verehrungsvoll an Jeschuas Lippen hing. Das hatte Simon Petrus wohl gefallen, gehörte doch auch er zu jenen Männern, die weibliche Verehrung brauchen wie ein Fisch das Wasser. Da ich ihn nicht verehrte und er das wusste, war das Verhältnis zwischen ihm und mir nicht ohne Kühle. Um nicht zu sagen: bitterkalt.
Rabbi, so fragte Simon Petrus, hat Maria, die dir den ganzen Abend zugehört, nicht einen weitaus besseren Teil erwählt als Martha, die so geschäftig war und es an Aufmerksamkeit dir gegenüber doch sehr hat fehlen lassen?
Jeschua schaute zu mir herüber. Da wurde mir bewusst: Er hatte mich verstanden – damals. Und so erwiderte er Simon Petrus: Simon, du irrst dich. Es ist ganz anders, als du denkst. Nicht in Maria, in Martha ist die Liebe Fleisch geworden und hat aufmerksam für uns gesorgt.
Ich lächelte.

23 | Wie lange ist das her? Erst Monate, ein Jahr? Ich schmecke Salz auf meinen Lippen, und rau sind sie vom heißen Sand. An dieser Stelle stockt meine Erinnerung. Weil bald das Schwerste zu erzählen ist, das, was ich schon lange vorher unterschwellig fühlte, aber nicht sehen wollte. Unausweichlich war beides: die Zeit und meine Machtlosigkeit in ihr. Warum wir erst der Ohnmacht begegnen müssen, um ganz Mensch zu werden, hart ging es mich an. Die Ohnmacht kenne ich, wie gut kenne ich sie doch, ihr Kelch ging nicht an mir vorüber.
In jenen Tagen in Bethanien – von dort ist's nicht mal eine Tagesreise bis nach Jerusalem – war mir, als ob die Zeit bisweilen für einige Momente innehält. Etwas veränderte sich in mir. Ich nahm die Welt und auch die Menschen – oft nur für Augenblicke – auf andere Weise wahr als sonst. Ich sah die Kinder auf

dem Dorfplatz spielen. Sie liefen hin und her, sie neckten und sie zankten sich. Ich sah die alten Männer vor den Hütten sitzen. Wie angefüllt mit prallem Leben sind doch Kinder, wie still und ausgedörrt die Alten! Rings um mich her pulsierte unser Leben, die Händler priesen ihre Waren an, dann klapperten die Hufe eines Pferdes dumpf über hartem Boden, die Frauen keiften, es bellte irgendwo ein Hund, und in der Ferne krähte auch ein Hahn. Nur in mir selbst war Stille. Da wurde mir bewusst: dass es nichts Festes gibt in dieser Existenz. Hat Jeschua nicht einst zu uns gesagt: Seid Durchquerende! Jetzt ahnte ich, was er uns damals lehren wollte. Dass unser Gefühl, alles sei unveränderlich, ein Trugbild ist und diese Welt nicht wert, dass wir uns allzu sehr an ihre Dinge klammern. In jenen Tagen in Bethanien fühlte ich schmerzhaft, wie jeder Augenblick ganz unwiederbringlich ist, einmalig, nicht zu wiederholen. Ist er vorbei, so wird es ihn nie wieder geben. Die Summe von Momenten, die sich in jeder Stunde unseres Lebens aneinanderreihen, ergibt ein Ganzes. Am Ende kann man's nicht mehr ändern. Wie lange bin ich jung gewesen und glaubte, dass mir die Welt gehören würde. Dass ich sie so gestalten könnte, wie ich es mir als Kind erträumt. Jetzt bin ich alt, mein Lebenskreis umfasst bald drei Jahrzehnte, und muss erkennen: wenn etwas mir gehört hat und gehört, jemals, dann sind es immer nur die Augenblicke, das Jetzt, das ich gestalten kann, niemals das Ganze. Wie kostbar doch jeder Moment ist, in dem ich lebe, gesund an Leib und Seele! In meiner inneren Stille, in jenen Tagen in Bethanien, wurde es mir zum ersten Mal bewusst: Dass unsere Zeit keine Dauer hat, doch jeder einzelne Moment eine Tiefe, die unendlich ist. Damals erkannte ich: lebendig sein, den Augenblick zu spüren und mich in ihm, es ist das Höchste. So will ich leben, von nun an Tag für Tag, bis dass mein Leben sich dem Ende neigt. Ich war zur Reisenden geworden, die diese Welt durchquert vom Zeitpunkt der Geburt zum Zeitpunkt meines Todes, den ich nicht kenne, nicht einmal

kennen wollte. Ich will von nun an diese Reise heiligen: nicht länger Dinge tun, die ich vor mir nicht mehr vertreten kann, noch anspruchsvoller sein, von wem ich mich begleiten lasse auf meinem Weg durch diese Welt, nicht mehr von Anderen bestimmt, sondern ich selbst sein. Wenn es wirklich stimmt, was Jeschua uns vom Reich, von Gott gesagt hat, dann ist es höchster Gottesdienst, das eigene Sosein noch stärker in die Welt zu bringen, auch wenn es Zwiespalt kostet. Wer sich verleugnet, der verleugnet den, der ihn geschaffen hat. Spät hatte ich begonnen, Jeschua zu verstehen. Konnte allmählich fühlen, was er meinte, wenn er vom Reich sprach.
Nein, ich werde mich an diese Welt nicht klammern, nicht meine Kraft verschwenden an das, was nicht zu halten ist. Aber genießen werde ich sie, ab jetzt noch mehr als je zuvor, in jedem Augenblick.–

Ich hatte mich verändert. Auch Jeschua veränderte sich. Wir lernten vieles voneinander.
Sein Thema war die Liebe, meins der Zorn. Er lehrte das Verständnis, ich die Verweigerung. Er suchte das Verbindende, ich sah vor allem das, was Menschen trennte. So war's am Anfang. So lange ist es her, seitdem wir uns in Sepphoris zum ersten Mal begegnet waren. Jeschua, der so viel Güte in sich trug, und Mariam mit ihrem schneidenden Verstand. Nun hatten wir dem Anderen geschenkt, wovon ein jeder früher viel zu viel besaß. Jeschua war ein Mensch, den ich nie mehr verlassen würde. Hatte ich doch von ihm gelernt, dass Liebe auch bedeutet, beim Anderen zu bleiben bis zuletzt, bis ganz zuletzt, was immer das auch heißen mag. Mit ihm zu gehen bis an die Grenzen seines Seins.
Auch Jeschua war nicht mehr der, der er gewesen ist. Er wurde kämpferischer, lernte, seinen Zorn zu fühlen.
Noch in Kafarnaum hatte er zu uns gesagt: Jeder, der seinem Bruder zürnt, wenn er ihm sonst auch gar nichts tut, wird dem

Gericht verfallen sein. Und jeder, der seine Nächsten beschimpft oder verflucht, würde das Tötungsgebot schon brechen, weil er ihn im Geiste morde. Ich widersprach. Wieder einmal. Die Forderung erschien mir unmenschlich und ungerecht. Ich sagte ihm: Wenn das Reich oder der Vater oder wie auch immer du den Gott zu nennen pflegst, wenn also dieses Reich dem Menschen Gefühle gibt wie Hass und Zorn, Neid, Wut und Eifersucht, so ist es gut, sie zu empfinden. Alles, was ist, ist gut, sonst wär's doch nicht geschaffen worden. Der Zorn reinigt die Seele dessen, den Andere mit ihren Füßen traten. Wer seinen Zorn nicht fühlen darf, wird krank. Wer zürnt, kann an der Seele heilen. Wer sich jedoch Vorwürfe machen muss, sobald er wütend wird, kann nicht mit sich in Frieden leben und auch nicht mit der Welt. Das Tötungsverbot bricht doch nur der, der wirklich tötet. Wenn jemand Zorn in sich spürt und dann den, dem er zürnt, nicht umbringt, sondern sich sein Recht auf klügerem Weg holt, ist das doch gut. Lass doch die Menschen fühlen, was sie wollen! Letztlich entscheidend ist doch das, was sie tatsächlich tun.
Das gab ihm wohl zu denken.

Für mich als Griechin ist es unvorstellbar, dass Götter die Gefühle, die wir empfinden, prüfen oder sogar verdammen. Was hat ein Gott bei dem zu suchen, was Menschen fühlen? Das Fühlen ist doch Eigentum desjenigen, der es erlebt. Im Menschen ist es sogar, wenn ich Jeschua zu folgen suche, das Reich, also Gott selbst, der fühlt. Soll das Reich sich denn verurteilen, dass es ist, wie es ist?
Der Gott der Juden ist zu streng und maßt sich zu viel an. Mir jedenfalls nimmt er die Luft zum Atmen. Was Jeschua gesagt hat, passt nicht zu meinem Bild von seinem Reich und nicht zu ihm.
Ich will natürlich sein und liebenswert, weil ich auch unvollkommen bin, auch manchmal voller Groll und Rachsucht. Ich liebe

meinen Zorn und stelle Anderen nicht ohne inneres Vergnügen ein Beinchen, wenn ich der Überzeugung bin, das könnte ihnen gar nicht schaden. Das Leben ist ein Spiel! Nehmen wir's leicht und nicht zu ernst. Man muss gewinnen und verlieren können.

Jeschuas Art, die Welt zu sehen, befreite mich. Und meine Art, die Dinge zu betrachten, befreite ihn. In manchem, nicht in allem. In jenen Tagen in Bethanien sagte er etwas, das ungewöhnlich für ihn war: Die Menschen denken vielleicht, ich sei gekommen, der Welt den Frieden zu geben. Sie wissen nicht, dass ich gekommen bin, Uneinigkeit auf die Erde zu bringen, ein Feuer, Schwert und Krieg. Denn es werden fünf in einem Haus sein; drei werden gegen zwei sein, und zwei gegen drei; der Vater gegen den Sohn und der Sohn gegen den Vater, und sie werden dastehen, jeder allein.
Als ich diese Worte hörte, aus seinem Mund, dem Mund des Mannes, der so viel Liebe in sich trug, da zog ich mich zurück und weinte. Ich dachte an Isokrates und auch daran, wie unvereinbar er und ich doch sind, auch wenn wir eines Stammes sind. Dass wir uns abstoßen wie Feuer und Wasser. Uns beiden ist's unmöglich, einander zu verstehen, einander wertzuschätzen und uns gut zu sein. Wenn Menschen sich dann trennen so wie er und ich, ja sogar trennen müssen, dann leiden sie. Isokrates und seine Welt, die nur dem äußeren Reichtum dient und nicht der Freiheit einer Seele, ist eine Welt des inneren Mangels. Sie reicht mir nicht. Ich würde gern in Frieden mit dem Vater leben, doch merke ich, wie stark mich eine Kraft, die ich nicht kenne und nicht beschreiben kann, in eine neue, andere Zeit treibt, die Zeit der Lilith. Hatte auch sie nicht Adam einst verlassen, als er von ihr verlangte, dass sie ihm untertan sein solle? Es war der alte Kampf, der jedes Mal auf's neue sich zwischen den Menschen wiederholt: Macht oder Beziehung? Wer Unterordnung von mir will, der ist mein Feind. Ich fordere Respekt für mich, für meine

Art, das Leben zu empfinden, so wie auch ich die Anderen respektiere, so lange sie nur eins von mir nicht wollen: dass ich mich ihnen unterwerfe.
Freiheit. Sie ist mir heilig. Wer sie mir nehmen will, und nicht nur mir, weil es so leicht ist, sich über einen anderen Menschen zum Herrscher zu erheben anstatt mit ihm zu sprechen, ihn wahrzunehmen, wie er ist, mit ihm um Auswege zu ringen, bis ein Gemeinsames entsteht, ja, dieser ist mein Feind und wird es immer bleiben.
Jeschua fühlte ähnlich. Er hatte einst gesagt, wir sollten unsere Feinde lieben. Damals hatte ich ihm widersprochen, wie so oft. Nein, Rabbuni, nicht lieben sollen wir unsere Feinde, natürlich auch nicht hassen, denn Hass erschöpft die Seele, wenn man ihn allzu lange pflegt. Wir sollten einfach *schlauer* sein als sie! Und fortgehen, wenn es möglich ist. Damit wir selbst geschützt sind und Leib und Seele keinen Schaden nehmen! Ich weiß noch, wie er lachte, als ich ihm diese Antwort gab und statt der Feindesliebe Schlauheit forderte. So viel Vergnügen lag in seinem Lachen und so viel Wärme.

Uns alle bewegte damals eine Frage: Wie denn zu leben sei in dieser Welt? Zu lieben kann gefährlich sein, wenn diese Liebe einem Menschen gilt, der sie benutzt auf meine Kosten, der mich missbraucht, um sich zu stärken. Zu hassen ist gefährlich, weil Hass die eigene Seele tötet, wenn er zu lange währt. Gibt es ein Drittes? Lieben mit Klugheit und sehr anspruchsvoll, wem diese Liebe gilt? Hassen mit Klugheit und diejenigen entmachten, die andere unterdrücken? Ich wünsche mir ein Leben, das weich und fließend ist, das Macht nicht braucht, doch in der Welt, in der ich lebe, muss ich beständig auf der Hut und gut gewappnet sein. Ich hatte meine Welt in dieser Welt noch nicht gefunden. Wie sollte meine Antwort lauten auf Menschen, die neidisch auf mich waren, die mich behandelten, als sei ich eine Ware, und die, so wie

der Vater, nicht mit mir sprachen, weil ich mich nicht von ihnen unterjochen ließ?
Da war zum Beispiel ein Essener namens Gideon. Jeschua hatte sich früh von den Essenern abgewandt, da er durchschaute, wie unmenschlich sie waren. Sie hassten Frauen, galt ihnen doch die Frau als schmutzig und als ein Werk des Satans, die körperliche Liebe ohnehin. Sobald sie eine Frau nur sahen, machte sie das in ihren Augen unrein. Welches Gefühl sie uns, Lea, Susanna, Ioanna, mir und allen anderen Frauen damit gaben, wenn sie uns mieden, wenn sie die Straßenseite wechselten, das kümmerte sie nicht. Sie waren selbstgerecht, tranken nicht einmal Wein, verzichteten auf Fleisch und hielten sich auch sonst für äußerst heilig. Andere waren in ihren Augen weniger wert, weil nicht so fromm und nicht so rein wie sie. In Wirklichkeit waren Essener vor allem eines: gehemmt, verschämt, unfähig zur Natürlichkeit, vor allem gegenüber Frauen. Das kommt davon, wenn Menschen gottgefällig sind, viel zu viel beten und das Leben nicht genießen können. Stephanos meinte, in Wirklichkeit seien Essener bis oben voll mit Fleischeslust und mit Begierde, nur zugestehen könnten sie sich's nicht. Dafür müsste ein Mann ja fähig sein, das Leben zu genießen. Sie aber sind in ihrer Seele nicht gesund. »Sie streben nach dem Tode.« Das sagte Stephanos, der Arzt. Menschen durchschaute er, als wären sie aus Glas.

In meinen Augen war ein Mann wie Gideon das, was man gemeinhin einen Unmensch nennt. Im eigentlichen Wortsinn. Mit Frauen sprach er, wenn überhaupt und wenn sich's nicht vermeiden ließ, nur kurz und knapp. Er zeigte kein Gefühl, viel Kälte strahlte von ihm aus. Er baute Früchte und Getreide an und handelte mit ihnen. Mit seinen Pflanzen war er heikel, mit dem Gesinde nicht, wie uns berichtet wurde. Knechte und Mägde behandelte er nur so lange freundlich, wie sie gefügig alles taten, was er wollte. Sobald sie eine Sache anders sahen, als er sie

selbst gesehen haben wollte, und sei es noch so gut gemeint, ließ er sie fallen, und sie konnten gehen. Er ließ nicht mit sich reden. Die Seele eines Menschen bedeutete ihm wenig. Es kümmerte ihn nicht, wenn Leute, die jahrelang in seinen Diensten standen, plötzlich nicht einmal Brot zu essen hatten. Keinen Respekt besaß er gegenüber anderen Menschen, duldete sie nur, solange sie sich beherrschen ließen. Aber sich klug und ehrenvoll nach außen geben, das konnte er sehr gut.
Bisweilen kreuzte Gideon unsere Wege, seitdem wir in Bethanien lebten. Als ich an einem Abend mit Jeschua und Stephanos am Feuer saß, fragte ich beide: Soll man Menschen wie Gideon wirklich lieben? Jeschua schwieg. Das war bemerkenswert, weil er die Liebe zu den Nächsten sonst ziemlich hochhielt. Stephanos dagegen sagte: Männern wie Gideon sollte man, wenn's möglich ist, das Handwerk legen!
Ach du mein alter Freund, du unerschrockener Hellene, wie liebe ich an dir, dass du so sprichst, als gäb' es niemals einen Gott zu fürchten!

Ich sagte Jeschua, dass ich den Satz, wir sollten unsere Feinde lieben und statt des Splitters im Auge unseres Bruders vielmehr den Balken bei uns selbst betrachten, für nicht ganz ungefährlich halte. Er trübe doch die Klarheit zwischen Menschen.
Warum? fragte er mich.
Da hab ich ihm erwidert: Eines Tages werden Leute kommen – ich wollte sagen: vom Schlage eines Simon Petrus, doch das verschwieg ich –, die diesen Satz missbrauchen. Sie werden Schwächere ausbeuten. Wenn diese sich dann wehren, wird man sie weiter unterdrücken mit dem Satz, dass sie den Splitter in des Unterdrückers Auge nicht beim Namen nennen dürfen, ohne dass dieser ihnen gleich ein schlechtes Gewissen machen wird. Weil sie es wagen, den, der Unrecht tut an ihnen, bloßzustellen. Wehe uns, gerät der Satz an Menschen, die einen Freibrief daraus

machen für sich selbst. Die jeden, der ihr Verhalten tadelt, sich wehrt und mit Respekt behandelt werden will, mit diesem Satz vom Balken mundtot und wehrlos machen werden.

Was ich da aussprach, war eine Ahnung dessen, was diesem Abend folgen sollte. Ohne zu wissen, fühlte ich, dass nun die Katastrophe ihren Anfang nahm.

24 | Der Einzug in Jerusalem. Die Stadt, die Jeschua versuchen wollte. Wie viele Hoffnungen verbanden sich mit diesem Tag! Ganz unterschiedliche Erwartungen, je nach dem Menschen, der sie hegte. Jeschua glaubte, er könne Römer, Juden und dem Hohen Rat vom Reich erzählen. Es hoffte, seine Botschaft würde sie innerlich freier machen. Er konnte nicht verstehen, dass sie ihn und alles, was er sagte, als Gefahr betrachteten. Die anderen dagegen, vor allem Simon Petrus und Judas Iskariot, erhofften von Jeschuas Einzug in Jerusalem die endgültige Befreiung von den Römern. Diese Toren! Als wenn das Häuflein jüdischer Rebellen die Herren dieser Welt tatsächlich stürzen könnte! Ein paar Beschnittene gegen ein großes Weltreich ganzer Männer! Sie hätten wissen müssen, wo ihre Grenzen liegen.

Doch ich verband mit diesem Tag nichts Gutes. Beklemmung fühlte ich, als wir den Mauern näher kamen. Wie schon so oft empfand ich ein Gefühl viel früher als die Ereignisse, zu denen es gehört. Viel früher, als diese mir vor Augen treten. Als wenn das, was die Zukunft bringt, auf eine eigenartige Weise schon da ist, nur eben noch nicht sichtbar für uns.
Die Fischer hatten einen Esel hergebracht, der Jeschua als Reittier dienen sollte. Sie und die Anderen, die uns folgten – und viele waren es – legten die besten Kleider auf das Tier und auf den Weg. Einem Herrscher gleich sollte Jeschua darüber reiten, so wie es in den Schriften steht: »Sage der Tochter

Zion, siehe dein König kommt zu dir, sanftmütig und auf einer Eselin.«
Als ich die Leute sah, stieg in mir ein Verdacht auf: Die Menge interessierte nicht, wer Jeschua wirklich war, noch weniger wollten sie wissen, wie er die Welt sah. Viel wichtiger war ihnen, was sie selbst in ihm sehen wollten. Das ist die eigentliche Krankheit, an der wir Menschen leiden, auch ich. An jenem Tag verstand ich es und sah auch die Gefahr, die uns daraus erwuchs. Die Juden wollten einen, der sie führt. Und sie bekamen ihn. Als Sohn des Vatergottes, als König ihres auserwählten Volkes. Das glaubten sie. Genau so war es: sie wollten und sie brauchten einen, der ihnen sagt: Geht hierhin oder dorthin! Sie wollten sich nicht selber führen, denn das macht Mühsal, bringt Zwiespalt mit sich, Angst, Unsicherheit und Sorgen. Ich hatte es selbst erfahren. Wie vieles musste ich verlassen, vor allem Traditionen, Gewissheiten und väterlichen Schutz. Das alles wollten die Juden sich ersparen, es lieber abgeben an den Messias, den langersehnten. Auf ihn stützten sie all ihre Hoffnung, er sollte das Leben für sie freier machen und ihnen ihre Last abnehmen.
Ich sah zu Stephanos herüber. Auch sein Gesicht verriet Besorgnis. Mit ihren Erwartungen, den viel zu hohen, werden die Juden uns noch ins Verderben stürzen. Und Jeschua? Ein Jude war auch er. Was ich mich fragte, damals: Durchschaute er, was vorging? Was wird das Ende sein dieses Messiaswahns?

Als Jeschua schon auf dem Esel saß, ging ich zu ihm, weil ich mich sorgte: Steig von dem Tier herab und geh zu Fuß! Verhindere, dass sie dich behandeln, als seiest du der Judenkönig!
Warum soll ich das tun? fragte er mich. Sie geben doch nicht mir die Ehre, sondern die Ehre gilt nur dem, der mich gesandt hat und mit dem ich eins bin. Wenn sie mich ehren, ehren sie in mir das Reich und doch nicht Jeschua aus Nazareth!

Gut, sagte ich zu ihm, so kann man's sehen, aber die Römer und der Hohe Rat werden es missverstehen. Sie werden denken, du wollest ihnen ihre Herrschaft streitig machen. Bleib auf dem Boden! Denk doch an das Gesetz des Ausgleichs, an das, was Weise aus dem Osten sagen: Das Reich handelt stets so, wie man auch einen Bogen spannt. Das obere Ende zieht es nach unten, das untere zieht es nach oben. Wenn du es zulässt, dass sie einen König aus dir machen, wirst du dereinst, vielleicht schon bald, als Bettler enden. Bleib auf dem Boden oder die Mächtigen werden nicht ruhen, bis sie dich in den Staub getreten haben!
Er schüttelte den Kopf. Er teilte meine Sorgen nicht, nahm mich nicht ernst. Es war das einzige Mal in all den Jahren, die ich mit ihm verbrachte, dass er mein Wort missachtete. Damals hatte er die härteste Lektion noch vor sich: dass man mit dieser Welt zu rechnen hat, solange man lebt.
Fürchte dich nicht, Mariam, sagte er zu mir. Die Menschen haben das, was ich sie lehrte, nun verstanden, wollen es feiern und nur darum huldigen sie mir. Vertraue nur und lass uns weiterziehen!
Ich gab es auf, sah ihn an und sagte nur: Schau dich um. Auch du bist nur ein Mensch!

So kam es, dass Jeschua, bewusster als wir alle, doch nicht bewusst genug, voller Vertrauen in die Welt und doch in seiner eigenen gefangen, in diese Stadt hineinritt, in der nur ein Gesetz gilt: Du oder ich! Die Stadt, die das, was zwischen Herrschaft liegt und Unterwerfung, nicht kannte.
Noch in Jahrtausenden werden sie kämpfen bis auf's Blut. An diesem Ort, in diesem Land. Mit meinem inneren Auge sah ich es.
Jerusalem ist eine Stadt der Männer. Sie ist die Stadt der Mächtigen. Hier leben die, die nicht begreifen: An *einem* Ort kann durchaus Platz für *zwei* sein.

25 Unübersehbarkeit. Das war fortan sein Schicksal. Jerusalem ist keine große Stadt. Jedes Ereignis, sei es bedeutend oder klein, spricht sich in kurzer Zeit herum, so auch das Eintreffen jenes Rabbiners, der heilen konnte, den sie »Messias« nannten und der von Gott ganz anders sprach als ihre Schriften und der Hohe Rat es für gewöhnlich taten.
Seitdem wir nach Jerusalem gekommen waren, ereignete sich in Jeschua eine Veränderung. Ich glaube, seine Bereitschaft zu Rücksichtnahme und Verständnis schwand dahin und seine Entschiedenheit nahm zu. Er wollte wissen, was sich in dieser Stadt bewirken lässt. Was er bewirken kann. Auf diesem Weg ließ er sich nicht mehr halten, sehr deutlich spürbar war's. Seine Männer und ich konnten ihn von nun an nicht mehr erreichen. Wie eine Motte um das Feuer tanzt, von Licht und Wärme angezogen, ganz ähnlich war der Reigen, den Jeschua jetzt mit den Priestern und Pharisäern tanzte. Doch wehe, wenn die zerstörerische Flamme die zarten Flügel packt in einem unvermuteten Moment!

Der Tempel ist das Zentrum. Hier ballt sich die ganze Kraft der Juden, hier sitzen ihre Priester, der Hohe Rat und Kaiphas, der Hohepriester. Der über allen thront.
Mit Jeschua zusammen betrat ich den Tempel zum ersten Mal, staunend über seine hohen Mauern, wie für die Ewigkeit gebaut. Früher kannte ich den Tempel nur von außen, hatte ihn nie betreten, nein, immer hatte er mich abgeschreckt. Der Tempel ist nicht echt, ich spürte es. Jahrhunderte zuvor hatten die Juden, wahrscheinlich waren es besonders fromme oder die Priester selbst, Mauern gebaut, so hoch, so dick, als wäre Gott selbst am Werk gewesen. Kunstvoll war alles, so weit das Auge reicht. Und ich verstand: gewaltig ist der Hokuspokus, der sich in solchen Mauern zelebrieren lässt. Die Menschen sehen Mauern – und werden starr vor Schreck. Die ganze Allmacht ihres Vatergottes

scheint gegenwärtig in den großen Steinen. Je höher Mauern sind, desto kleiner fühlen sich doch diese, die sich darin bewegen. Wie einfach wird es dann, die Eingeschüchterten zu lenken, ihnen zu sagen, was sie tun und lassen sollen. Götter! Dabei sind es nur Steine, sonst nichts! Was ist der Unterschied, ob Menschen in der Wüste ganz schlicht auf einem Felsen sitzen, zum Beispiel um zu rasten, oder die Felsen, aufgeschichtet, ein großes Haus ergeben wie den Tempel? Es sind und bleiben Steine. Es war nichts anderes als eine List und Täuschung, uns Menschen das Gefühl zu geben, in diesen hohen Mauern wohne Gott. Ich fand es seltsam. Musste wie damals an mich halten, nicht laut zu lachen, wenn ich die Männer aus dem Hohen Rat todernst durch die Hallen wandeln sah mit ihren dicken Bäuchen und ihrem kahlen Haupt, umhüllt von langen, kostbaren Gewändern, staatstragend war ihre Miene, als seien sie in Rom die Senatoren höchstpersönlich. Mit Gott war's ihnen eine furchtbar ernste Angelegenheit. Und nicht ein Iota darf am Gesetz geändert werden! Unfehlbar wachte Kaiphas über Recht und Ordnung seines kleinen Staates. In diesen Mauern und auch außerhalb im Lande. Da sollte einer wagen, die Reihen, die geschlossenen, zu verlassen!
Der Hohepriester pflegte, wenn er durch den Tempel ging – nein, gehen tat er nicht, die Art der Fortbewegung war ein Schreiten –, die Hände gefaltet vor der Brust zu halten, ein alter Mann mit weißem Haupt, weiß war auch sein Gewand, gebeugt die Haltung, lastete doch die Bürde einer ganzen Religion auf seinen Schultern. Ich sah mir seinen Rücken an und dachte spöttisch: dieses Gewicht muss nicht ganz unerheblich sein. Männer, die aufrecht gehen, sind mir da aber lieber, sie strahlen viel mehr Eros aus. Ein wenig Heiterkeit und etwas weniger an heilgem Ernst, stünde dem alten Kaiphas gar nicht schlecht. Doch lässt sich, wäre man erst ein ganz normaler Mensch, nicht länger trefflich über Andere herrschen. Dann fehlt die Aura.
Wenn Kaiphas Opfer zelebrierte, wandte er sich stets vom Volke

ab und zeigte ihm den Rücken – Stephanos flüsterte mir zu: Der Hohepriester zeigt als Zeichen seiner Wertschätzung dem Volk den Allerwertesten! Ich konnte mir ein Grinsen nicht verkneifen, doch wies ich meinen alten Freund zurecht, er solle bitte seine Zunge hüten. Wenn wir auch Griechen sind, das geht zu weit! Bisweilen pflegte Kaiphas etwas zu murmeln, ganz unverständlich war's, vielleicht in einer anderen Sprache, auf keinen Fall in der des Volkes. Auch dieses eine List. Es gibt nichts Besseres, um einfältige Gemüter in Angst und Schrecken zu versetzen, als ein geheimes Wissen vor ihnen auszubreiten, das zu verstehen sie niemals eine Möglichkeit besitzen. Was Menschen nicht verstehen, das fürchten sie zumeist. Es ist wie mit den Mauern. Woran der Mensch mit seinem Geist nicht Anteil nehmen kann, davor fühlt er sich klein. Und der, der sich mit Zauber und Magie vergrößert hat, kann Schüchterne und Kleine nun beherrschen. Es ist ein schmieriges Theater, menschenverachtend, voller Niedertracht. Da lob ich mir nun doch die bunte Götterwelt der Griechen. Ist auch der alte Zeus ein fürchterlicher Hurenbock, so tut er wenigstens nicht fromm, und jede Frau weiß ganz genau, was auf sie zukommt, wenn sie nicht früh genug vor ihm die Tür verschließt.

Als ich den Tempel zum ersten Mal betrat, empfand ich Ehrfurcht. Man kann mich leicht beeindrucken, und schwer ist es für mich, die übertriebene Bedeutung mit meinem Geist auf ein normales Maß zurück zu führen. Die hohen Mauern blieben wahrhaftig nicht ohne Wirkung. Doch nach und nach durchschaute ich den faulen Zauber. Dann kam der Spott. Er hilft mir, sehr sogar, wenn's darum geht, das Ungeheuerliche auszusprechen, »den großen Schwindel«, wie Stephanos es nennt. Doch Spott ist keine Haltung, die fähig ist, Verhältnisse zu ändern. Aus meinem Spott wuchs nach und nach der Zorn. Darüber fühlte ich Erleichterung. Zorn zähle ich, neben der Liebe, zu meinen

wertvollsten Gefühlen. Er ist ein Zeichen von Gesundung. Wer zürnt, der ist lebendig und nimmt am Leben teil.
Jeschua widersprach mir darin. Aber ich blieb dabei. Der Zorn ist eine starke Macht, stark wie die Liebe, ja oftmals stärker noch als sie! Er weckt in uns die Leidenschaft, die Dinge zu verändern, Altes zu ignorieren und Neues in die Welt zu bringen. Zorn bessert die Verhältnisse, wenn man ihn klug in Taten umzusetzen weiß. Schau dir die Männer an vom Hohen Rat, sagte ich ihm. Zeugt es von Rücksicht auf die Menschen, wenn diese bei der Zeremonie nur Sicht auf ihren Rücken haben? Wir sollten die Verhältnisse umdrehen, zuallererst die Priester selbst. Ich hüte mich vor Menschen, die mich nicht anschauen, wenn sie mit mir reden. Die doch tatsächlich glauben, sie hätten Wichtiges zu sagen, mir aber nicht ins Antlitz blicken, sondern sich daran weiden, wenn ich sie nicht verstehen kann. Sie drehen uns den Rücken zu, weil sie Angst haben, gewaltige! Wenn sie uns in die Augen schauen, müssen sie fürchten, dass wir das Falsch darin erkennen, den faulen Zauber, den sie seit langem mit den Menschen treiben. Da drehen sie sich lieber um, nicht wahr? Dumm sind sie nicht, stattdessen sehr gerissen. Und überhaupt: wofür brauchen die Juden einen Hohen Rat und einen Hohepriester? Perfide ist doch deren Spiel. Schau dich nur um: überall Geldwechsler und Händler. Blutsauger sind die Priester, wenn du mich fragst. Noch von den Ärmsten nehmen sie das Geld, das diese für die Opferlämmer zahlen. Dürfen die Armen etwa dieses Lamm nach Hause tragen, um sich am Abend satt zu essen? Nein, den Priestern geben müssen sie's! Die haben dann das Geld und haben auch das Schaf. Wie überaus geschickt! Am Abend, tief im Tempel, wo Andere den Bratenduft nicht riechen, schlagen sie sich die Bäuche voll, die mehr als wohlgenährten. Die Armen aber gehen hungrig heim, das letzte Geld verloren sie, das Geld für Brot, um Frau und Kind zu sättigen. Wofür? Damit der Gott der Juden ihnen gnädig ist? Ich kenne keinen Magen, den

Gnade jemals satt gemacht. Wohl aber Lammfleisch, am besten gut gebraten und gewürzt.
Schaue doch hin, sieh ihr Augurenlächeln! Da lob ich mir die Priester in Epidauros, von denen Stephanos mir oft erzählte. Denn sie sind Ärzte, verlangen von den Menschen weder Glaube noch Gehorsam. Noch kennen sie Gebote, denen zu folgen sei, sondern sie wenden sich denjenigen zu, die krank geworden sind. Zuwendung heilt, nicht Rückenansicht! Ich brauche keine Priester. Wenn wir nur gute Ärzte haben, die darum wissen, wie Menschen heil an Leib und Seele werden, so ist's genug.
Ich fragte Jeschua: Liebst nicht auch du es mehr, zu heilen als zu predigen?
Er sagte nichts auf meinen Sermon. Aber er nickte.

Was mich bewegte, wenn ich mit Jeschua im Tempel weilte, war die Frage: Was ist es an uns Menschen – ich kenne diese Haltung auch von mir – dass wir so gern zu Anderen aufschauen? Seien es Priester oder Väter. Sind Hoffnung und Verführung denn so groß, dass uns von jenen Männern Rettung kommen möge? Wieder fiel Jeschuas Satz mir ein: Erlösen müssen Menschen sich schon selber.
Wie schwer es für mich ist, mich selber groß zu fühlen! An Größe zu gewinnen, das Kindsein hinter mir zu lassen und meiner selbst bewusst das Leben zu gestalten. Es gibt zu viele Kräfte in der Welt, die es verhindern wollen. Der alte Kampf zwischen den Mächtigen und denen, über die sie herrschen wollen. War ich nicht Täter, solange ich ein Opfer blieb und dieses mit mir machen ließ?
Wie viel hat mich vor langer Zeit der Abschied von Isokrates gekostet! Ich kannte die Versuchung, in seinem väterlichen Schutz zu bleiben, nur zu gut. Wäre ich in Magdala geblieben, besäße ich heute das Wohlgefallen meines Vaters, hätte Ruben zum Mann, würde an jedem Sabbat folgsam mit ihm zur Synagoge

gehen und jeden Monat in die Mikwe, wenn die Natur in mir gewirkt hat. Doch etwas in mir, das ich seit langem und mit aller Kraft verteidige, wäre nach und nach gestorben, ganz langsam und vielleicht auch unbemerkt. Nie wäre ich Mariam geworden, nie hätte ich Salomes Heilung, noch die von Ruth oder Elisabeth gesehen, wär' nicht, weil ich sie miterlebte, auch an der eigenen Seele heil geworden. Bereits als ich ein Mädchen war, wollte ich nichts von Priestern wissen, nichts von Geboten oder Glaubenssätzen. Dagegen auf Isokrates, den Vater, zu verzichten, fiel mir schwer. Der Bruch mit ihm war hart, wie lange hat er tief geschmerzt, doch hat Entscheidendes er freigesetzt: Durch diesen Bruch kam ich erst ganz in diese Welt, nachdem die Mutter mich geboren hatte. Durch diesen Bruch wurde ich Mariam, die niemanden mehr verehrt, seien es Priester oder Väter, nur noch als Welle tanzen will im großen See des Lebens, getragen von der Liebe, die Andere für mich empfinden und ich für sie. Ist nicht mein Name Mir-jam, Meerestropfen, Ungezähmte?
Der Mitmensch ist mir Gott. Der Mitmensch und das Leben. Und auch die Lust, ich selbst zu sein. Wenn's etwas gibt, das als Gebot in Stein gemeißelt werden sollte, als einziges, dann ist es dieses:
Bring dich zum Ausdruck!

26 | Was ich an Jeschua besonders liebte? Dass er bereit war, mit einer Frau zu sprechen, ihr zuzuhören, bisweilen auch von ihr zu lernen. So miteinander sprechen, wie er und ich es konnten, hatte ich vorher nie erlebt. Manchmal war unser Gespräch auch hart, nicht nur für ihn, für mich nicht weniger. Wenn unsere Wahrheiten, die meine und die seine, wie Steine aufeinander prallten. Gibt es an Wahrheiten nicht immer zwei, die mit viel Mühsal zu einer gemeinsamen, die dann ganz neu ist, verschmolzen werden müssen? Doch nicht in allem ist es uns gelungen.

Jeschua, der Jude, war längst keiner mehr. Zu weit hatte er sich von dem Gesetz der Väter schon entfernt, und auch vom Tempel, den er, wie ich, als äußerlich empfand und nicht als eine Wohnstatt Gottes. Das Reich, nennt man's auch Gott, Schöpfung, Vater oder Kosmos, ist nicht in Mauern einzusperren, sondern verwirklicht sich, indem das Leben sich ereignet: in jedem Stein und jeder Blume, die aufblüht und vergeht, in jedem Wort und jedem Lachen, in jeder Träne, jedem Gefühl, jeder Bewegung, kurzum in dem, was ist. Die Kluft zwischen dem Mann aus Nazareth und jenen Männern aus dem Hohen Rat war groß, unüberbrückbar war sie schon von Anfang an. Die Juden sahen ihren Gott im Außen, doch Jeschua erlebte ihn im Innen. Das war nicht überein zu bringen und wird es niemals sein. Ob innen oder außen: der Mensch wird es erleben müssen, sonst bleibt es ihm verschlossen. Ich sprach mit Stephanos und Jeschua: Lasst uns Jerusalem verlassen! Es ist doch sinnlos, hier zu bleiben und Erfahrungen zu predigen, die jene, die vom Tempeltreiben bestens leben, gar nicht hören wollen! Stephanos dachte ähnlich, doch Jeschua war nicht zu überzeugen. Ich sah es. Kampf war es, was er suchte, damals noch unbewusst. Er war ein Mann voller Kraft, stand in der Blüte seiner Jahre. Er brannte für das Reich, nannte es immer wieder seinen »Vater«. Die Sehnsucht eines Vaterlosen nach dem, der ihn hervorgebracht, sei dieser himmlisch oder irdisch. Was sollte ich anderes von ihm erwarten? Ich zuckte mit den Schultern und tat, was Frauen immer tun: Ich hatte Angst um ihn, versuchte aber, stark zu sein, die Sorgen nicht zu zeigen. Wenn Männer ihre Kräfte messen wollen, sind sie so oft nicht aufzuhalten. Doch in der Zeit, in der wir leben, muss man mit Vorsicht überlegen, ob und wie und gegen wen man kämpft. Jeschua, der Mann, beging denselben Fehler wie Barabbas und die Zeloten. Er legte sich, wenn auch im Geiste und stets waffenlos, mit Leuten an, die viel zu stark gewesen sind. Wer Gegner hat, muss sie mit List und Tücke schlagen, mit Klugheit und derart gerissen, dass sie ihn niemals fassen können. Jeschua, in manchem von der Einfalt eines Kindes, lief seinen Feinden geradewegs ins Messer. Klug war das nicht, noch hat es die Verhältnisse für uns geändert.

Im Tempel kam es zum Zusammenstoß, zum unvermeidlichen. Jeschua war für Kaiphas und die Priester eine Bedrohung, die sie nicht länger duldeten.

Seit Wochen schon ging er Morgen für Morgen in die hohen Hallen und lehrte alle, die ihn hören wollten, in Geschichten, wie er sie liebte: vom Weinstock und den Reben, vom Feigenbaum und von den Winzern. Für mich war es ein geistiger Genuss, wenn Jeschua uns das, was er vom Reich erzählen wollte, in einem Gleichnis näher brachte. So war es leichter zu verstehen. Ich liebte das Zuhören, wenn er sprach, die Anderen ebenfalls. Das war den Pharisäern und dem Hohen Rat ein Dorn im Auge. Sie waren voller Neid, weil alle, die im Tempel waren, sich nach und nach um Jeschua versammelten, um ihn zu hören, statt ehrfurchtsvoll die anderen Schriftgelehrten zu befragen. Das fraß sich tief in ihre Seelen ein und nagte an der hohen Meinung, die sie von sich besaßen. Jeschuas Worte hatten Kraft, weil er sie lebte, weil er sich nie verbiegen ließ. Der Pharisäer Worte waren hohl, weil sie nur ihrem Mund entsprangen, nicht ihren Taten.

Ein Mitglied aus dem Hohen Rat hielt Jeschua überaus argwöhnisch im Auge. Sein Name: Matthathias. Er hielt sich ständig in der Nähe auf, stand hinter einer Ecke oder Säule und beobachtete uns scharf. Ihm waren alle Tempelhändler unterstellt. Er wachte über den Verkauf von Lämmern und Tauben. Allabendlich sammelte er Geld ein, musste doch jeder Händler einen nicht geringen Teil des täglichen Verdienstes abends den Priestern geben.

Des Matthathias Wesen und Erscheinung waren so wie sein Verhalten: einnehmend. Gewaltig war der Bauch, darauf ein rundes

Mondgesicht. Der Hals verschwand im Fleischberg zwischen Kinn und Brust. Fast hatte man den Eindruck, gleich wird er platzen, wenn man in ihn hineinsticht – einer Melone gleich, die überreif ist und viel zu lange in der Sonne lag. Viel schlimmer noch als Simon Petrus stand ihm die Ungestilltheit tief ins Gesicht geschrieben. Müsste ein Mann, der täglich Gottesdienst verrichtet, in Gottes Haus gar wohnt, nicht viel erlöster aussehen und längst von seiner Gier befreit sein?

Weil Matthathias über Händler wachte, hielt er sich offensichtlich in Handelsdingen für überaus erfahren und liebte es, über den Reichtum eine Meinung abzugeben. Er sprach von Nächstenliebe und dass die Reichen Fürsorge zu tragen hätten für die Armen. Der Reiche dürfe nicht nur an die Vermehrung seines Reichtums denken, sprach er und tadelte den reinen homo oeconomicus. Das war doch wunderlich: da predigte er gegen Wachstum, das nicht im Dienst des Ganzen steht, und war doch selbst das Breitenwachstum in Person! Er braucht wohl einen Spiegel.

Ja, ja, rede nur zu, so dachte ich bei mir, doch geh zuvor erst einmal selber zum Fasten in die Wüste!

Ich, Mariam, Tochter eines Händlers, war tief empört. Schlau reden über Geld und Güter, überaus leicht ist es, wenn man im Schutz von hohen Mauern sitzt und einem gleichsam die gebratenen Tauben stracks in den Rachen fliegen, sofern man diesen weit genug geöffnet hält. Was ihm, wie nicht zu übersehen war, nicht schwer fiel. Ein Mann wie Matthathias besaß nicht einen Funken Festigkeit, um außerhalb der Mauern, im rauen Wind des freien Handelslebens, kaufmännischen Erfolg zu haben, Arbeit und Lohn für Andere zu schaffen. Wenn einer nicht einmal fähig ist, das Maß beim Essen einzuhalten, wie will denn der die Härten eines Händlerlebens überstehen? Soll er den Schutz der Mauern doch verlassen und außerhalb beweisen, dass er auf zuviel Wachstum gern verzichtet. Er, der dem Schwellen seines eigenen Leibes kaum Einhalt bieten kann! Von Leuten, die nur

Theorien predigen, wird diese Welt Veränderung gewiss am wenigsten erfahren. So dachte ich bei mir im Zorn.

Und dann passierte es. Es war schon spät, zu Neige ging der Tag. Da kam am Abend eine alte Frau zum Tempel, sehr mager war sie, hatte wohl schon lange Zeit nicht mehr genug zu essen. Sie ging gebückt und konnte sich nur halten, weil sie beim Gehen einen krummen Ast als Stock benützte. Langsam, nicht ohne Mühe, ging sie zum Opferkasten und warf zwei Heller ein. Es war das letzte wohl, was sie besaß. Sie tat's aus Gottesfurcht. Noch heute sehe ich die Szene deutlich vor mir. Ich spürte damals, wie ich zornig wurde, und schaute zu Jeschua herüber. Zum ersten Mal konnte ich deutlich sehen, wie langsam, aber unaufhaltsam in ihm ein Zorn entflammte, ein solch gewaltiger Zorn, dass niemand ihn wird löschen können – und ich am wenigsten. Ich hätte es auch nicht gewollt.
An diesem Abend entstand im Herzen von Jerusalem ein Feuer, das irgendwann und sei es in Jahrtausenden, jeden, der Matthathias oder Kaiphas ähnlich ist, verbrennen wird. Jeschua hatte sie ganz und gar durchschaut. Wenn sie dereinst auch noch so sehr versuchen sollten, in seiner Art zu predigen: Ihr Spiel ist aus und ihre Tage sind gezählt.

Lea trug einen Fladen Brot bei sich. Als Wegzehrung für einen langen Tag hatte sie ihn seit dem Morgen im Gewand und schenkte ihn der Alten in einem Augenblick, als keiner sie beachtete. Wenig genug war's doch und trotzdem dankte ihr die Frau mit einem Lächeln ihrer Augen.
Wie klein hatten die Priester diese Frau gemacht, mit ihrem großen Gott erschlagen! Wie eine Keule hatten sie die Religion benützt und sie herniedersausen lassen auf die Frau. Nun war sie krumm und halb verhungert, mit schmerzenden Gelenken, halb blind die Augen, taub das Ohr. Sie hatte nie zur Blüte kommen

dürfen wie Gott, das Reich, es sich für jeden Menschen wünscht. Das Fleisch, das dieser Frau am Körper fehlte, trug Matthathias nun auf seinem Bauch.
Was sollen uns denn Opfer? Ist Gott ein Krämer oder Händler, den man mit Lämmern oder Tauben kaufen kann? Ist es nicht kleinlich, wenn wir glauben, mit Hellern oder Opfertieren könne des Schöpfers Gunst erworben werden?
Ein Opfer mästet nur den Priesterbauch und macht den Spender arm, ansonsten ist es nutzlos. Wer Silberlinge übrig hat, soll sie doch gleich den Armen geben.

Jeschua sah sich um. Vor ihm die lange Reihe mit den Händlertischen, im Hintergrund die Pharisäer aus dem Hohen Rat, allen voran der kapitale Matthathias.

Der Mann, dem ich seit Jahren folgte, sah mich an. Für einen kurzen Augenblick begegneten sich unsere Augen. Dieser Moment war's, nicht nur das, was ihm folgte, in dem wir wirklich eins geworden sind, ein Mann und eine Frau. Tu, was du tun musst, Lieber, sagten meine Augen. Ich bleibe bei dir. Verstehe ich doch bis auf den Grund – und wie ich es verstehe, gerade jetzt –, was in dir vorgeht. Auch wenn ich das, was diesen Augenblicken folgte, lieber verhindert hätte.
Jeschua brüllte: Könnt ihr nicht lesen? Muss ich euch denn die Schriften buchstabieren, Wort für Wort? Hat Jahwe, der Gott Israels, den Tempel nicht als Bethaus schaffen wollen? Und was macht ihr daraus! Zur Räuberhöhle habt ihr ihn verkommen lassen!
Mit seinen Füßen stieß er Tische um, fegte mit seinen Armen Münzen fort, zerschlug die Käfige der Tauben und jagte durch den Tempel, einem Sturme gleich, der über eine Landschaft braust und alles niederreißt. Händler wichen entsetzt zurück, Mitglieder des Hohen Rates suchten voll Angst den Schutz der starken Säulen. Erst als der letzte Tisch zertrümmert auseinan-

derbrach, rief Jeschua uns zu: Kommt, fort von diesem Hurenhaus, mögen die Mauern diesen Tempel unter sich begraben!

Wie liebte ich den echten, guten Zorn in ihm! Doch ahnte ich: das ist des Endes Anfang. Er hätte seine Erbostheit niemals so unvermittelt zeigen dürfen. Angriffe gegen Mächtige gefährden eigenes Leben. Schlauer als Feinde zu sein, den Zorn geschickt zu nutzen, um diese nach und nach zu schwächen, bis sie nichts mehr vermögen, das wäre klug gewesen. Doch wer hatte uns damals, jemals eine Kultur des Zorns gelehrt? Niemand tat es. Welch andre Möglichkeiten hätten wir besessen? Die Dinge kommen, wie sie wohl kommen müssen. Es gibt so vieles, das mein Verständnis übersteigt, das ich nicht mehr verstehen werde bis auf den Grund.

Das Paschafest stand vor der Tür. Einträglichere Tage gibt es für die Priester kaum, weil Menschen aus dem ganzen Land zum Tempel pilgern und Opfertiere kaufen. Jeschuas Zornausbruch war Kaiphas und dem Hohen Rat ein Dorn im Auge. Störte er nicht schon viel zu lange ihre Kreise und ihr überaus florierendes Geschäft? Wer an den Beutel geht, wird von den heiligen Männern, den ach so frommen, aufgeknüpft. Leben die Mitglieder des Hohen Rates nicht ähnlich wie die Könige? Was unterscheidet sie denn von Herodes? Vielleicht ist ihre Pracht ein wenig einfacher, doch das ist alles.
Die inquisitio des Hohen Rats, die diesen Tagen folgte, galt weniger der Reinhaltung der Lehre als vielmehr einem Schutz für ihren Gott Einträglichkeit. Was wird aus Matthathias, wenn er nicht mehr sammeln kann? Magenknurren mag er doch gar nicht gern.
Wie war das noch mit jener Liebe zu den Nächsten? Predigten davon nicht auch die Pharisäer? Oder verhörte ich mich gar?

27 | Am Abend kam er zu mir.

Seitdem wir nach Jerusalem gezogen waren, lebte ich wieder in dem alten Haus, in dem, Jahrzehnte war es her, die Mutter einst gelebt, als sie ein Kind war. Nun teilte ich's mit Stephanos und Lea, Ioanna, Susanna und den anderen Frauen. Jeschua wohnte als Gast im Hause Josephs. Dieser war aus Arimathäa, lebte aber schon lange als reicher Händler in Jerusalem. Joseph war Mitglied des Hohen Rates, doch hatte er Jeschua und seine Leute niemals, wie die anderen Ratsherren es taten, mit Misstrauen betrachtet. Oft hatte er sich sogar, wenn Jeschua im Tempel lehrte, mitten unter uns gesetzt und zugehört. Der Ratsherr war schon alt. Ich sah, dass er für Jeschua empfand wie es ein Vater tut für seinen Sohn. Joseph, der späte Vater. Das alles hat mich sehr bewegt.

Die Wanderjahre lagen hinter uns. In meinem Haus genoss ich die Vertrautheit der alten Räume. Auch Lea war es sichtlich angenehm, zu walten, wie sie's von Magdala her kannte.
Es war schon dunkel. Plötzlich vernahmen wir ein Klopfen. Ich hörte, wie Stephanos das Tor noch einmal öffnete. Nur wenig später trat Jeschua in mein Gemach. Er schloss die Tür. Nun waren wir allein, zum ersten Mal in diesen Jahren. Die Welt blieb außerhalb, die Fischer und die Frauen, der Hohe Rat und Kaiphas, sie alle besaßen keine Bedeutung mehr in diesem Augenblick.
Er sagte nichts. Sah mich nur an. Wie oft in jenen Jahren hatten wir einander angeblickt! Sanftmut und Zorn, das waren er und ich. Er war das Ja und ich das Nein, er war die Ankunft, ich der Abschied, er ging auf Menschen zu, ich ging von ihnen fort. Jeschua und Mariam, die unvereinbar waren und trotzdem nicht zu trennen.
Ich sah ihn an. Und fragte ihn:
Wer bist du?
Er lächelte und sagte: Ich bin Jeschua aus Nazareth.
Er nannte keinen Vater.

Noch einmal fragte ich: Wer bist du?
Er sagte: Jeschua aus Nazareth.
Dann fragte ich ein drittes Mal: Wer bist du?
Er lächelte erneut und sprach: Ich bin der, der ich bin.
Ich fragte ihn: Bist du der Messias?
Nein, sagte er. Ich bin ein Mensch nur. Mit dir gemeinsam.
Als seine Hand meine Wange berührte, durchfuhr mich ein Schauer und gemeinsam betraten unsere Leiber den Ort, an dem es kein Denken mehr gibt.
Nur noch die Lust am Sein.

Schon lange waren wir im Geiste ein einziges Wesen. Im Herzen und nun auch im Leib. Sein war er meines Seins. Was immer er von diesem Tag an auch erleben wird, wird mein Erleben sein. Im Guten und im Schweren. Bin ich doch er und bin die Andere, beides zugleich. Gehört er nicht zu mir wie alle Teile meines Leibes und bleibt doch ganz und gar ein Mensch für sich? Jeschua, Römer des Geistes, um wie viel stärker war er doch als diese. Damals begann ich zu ahnen, dass seine Botschaft – Beziehung höher zu stellen als Gesetz und Macht – viel stärker werden würde als das Imperium der Römer.

Er lehrte mich Güte und Treue zu den Menschen. Das fällt mir schwer, empfinde ich mich doch immer noch als Mensch des Widerspruchs. Ich lehrte ihn, dass Zorn zur Freundschaft zugehörig ist. Zorn ist ein Teil der Liebe, ohne ihn ist sie nur flach und lau. Nur wer zum Zürnen fähig ist, ist fähig auch zum Lieben. Nur wer zu manchem Nein sagt, kann anderes bejahen. Der Mensch muss gehen dürfen, damit er bleiben kann.
Mensch bleiben kann.

Am Morgen brach er auf. Zum Ölberg wollte er, zu seinen Männern und zu jenen, die wussten, dass er an diesem Ort zu

lehren pflegte, seitdem er zwar Jerusalem betreten, den Tempel aber wieder verlassen hatte.
Ich sorgte mich. Kaiphas sah ich und Matthathias, hatte die Angst erkannt in ihren Augen und ihr Gefühl, bedroht zu sein. An ihnen sah ich, dass jeder Mensch, der einen Andren fürchtet, weitaus gefährlicher ist als der, der ihn nur hasst.
Jeschua, fragte ich ein letztes Mal, wäre es nicht klüger, Jerusalem den Rücken zuzukehren, zurückzugehen nach Galiläa, zurück zum See?
Nein, Mariam, hier muss ich bleiben, muss denen, die im Zentrum sind und Macht besitzen, vom Reich erzählen, hier muss ich's tun, das ist mein Platz, nirgendwo anders sonst.
Ja, ich verstand ihn wohl. Dennoch blieb ich bedrückt, und meine Sorgen wichen nicht.
Komm in das Haus des Joseph, wenn es Abend wird, sagte er mir, bevor er ging. Wir wollen dort das Pascha essen.
Dann nahm er meinen Kopf in seine Hände und barg mein Gesicht in der Beuge seines Halses.
Als er fort war, weinte ich.

## 28

Das Haus verließ ich, als der Tag sich neigte. Die Sonne sank, die Schatten stiegen höher. Eng sind die Gassen von Jerusalem. Ich war allein, nicht nur zwischen den Mauern, auch in mir selbst empfand ich viel Verlassenheit, doch war sie schwer zu fassen. Tief unter meinem Sein floss eine Strömung eigener Art, bedrohlich war sie und ich spürte es. Unter den Füßen knirschte Sand, ich zog das schwarze Tuch, das meinen Kopf umhüllte, tief ins Gesicht und sehnte mich nach Schutz – damals an jenem Abend.
Beim Haus des Joseph hielt ich inne, klopfte ans Tor. Thomas öffnete mir. Jeschua und seine Männer hatten sich im oberen Gemach bereits versammelt. Sie saßen rings um einen Tisch auf Polstern, vor ihnen Brot, Wein und Fleisch, alles war zubereitet

so wie es üblich war. Doch eines gab es, das den Kreis der Männer störte: ich, Mariam, die Frau. Es drang in mein Bewusstsein wie ein Blitz, der plötzlich – heiß war der Tag und schwarz die Wolken, die sich zusammenbrauten in der Schwüle – zur Erde niederging, alles erleuchtend und vernichtend.
Das Eigentliche zwischen den Menschen spielt in einer Welt, die wir nicht sehen können. Das Spiel von Hass und Liebe, ständig neigt es sich doch zur einen oder anderen Seite. An jenem Abend spürte ich es stark. Da waren Thomas, Jakob und Ioannes, alte Gefährten nun schon seit Jahren, wir achteten einander sehr. Doch waren auch die Fischer da mit ihren Netzen in den Augen und ihren Schlingen, in denen sich der Hilflose so leicht verfangen kann. Vor allen anderen: Simon Petrus.
Als ich die Stufen hochstieg, hörte Jeschua an meinem Tritt, dass ich es war, die kam, ging auf mich zu und führte mich zu meinem Platz, den er links neben sich für mich bereitet hatte. An diesem Abend war es für alle sichtbar, dass wir zwei Menschen waren, die sich liebten. Oft fasste Jeschua nach meiner Hand und hielt sie lang in seiner. Um das, was uns verband, für immer festzuhalten. Um sich zu vergewissern, dass es da war, tragfähig ist und bleiben wird.
Zweischneidig ist das Glück: die Einen können sich mit denen, die es fühlen, freuen und nehmen herzlich Anteil. Wie Thomas, Jakob und Ioannes, an deren Lächeln ich mich freute. Die Anderen packt der Neid, sie können es nicht gönnen, dass jemand glücklich ist und froh des Lebens. Das war zu lesen in Simon Petrus' Augen.
Zunächst verlief das Mahl, wie solch ein Mahl eben verläuft: andächtig, denn ein Festtag war's, aber auch heiter und gesprächig. Was gibt es Schöneres als mit Gefährten bei Tisch zu sitzen, zu trinken und zu speisen, zu lachen und zu sprechen, auch über Ernstes, den Geist zu weiten durch Gedanken, die jeder beiträgt wie es seine Art ist? Einzigartig war dieses Abendmahl. Für mich

noch mehr als für die Anderen. War's doch das erste Mahl in meinem Leben, das ich für alle sichtbar gemeinsam einnahm mit dem Mann, der mich so liebte wie ich ihn und der in langen Jahren viel mehr mein Mann geworden war als mancher Ehemann, der vom Rabbiner mit einer Frau verbunden worden war. Jeschua, mit dem gemeinsam ich ein Mensch war, nicht länger eine Frau nur mit Namen Mariam.
Jeschua lachte und war heiter, nicht mehr so ernst wie sonst. Den Vorfall bei den Händlern hatte er vergessen oder zumindest dachte er in jenen Stunden nicht daran. Damals glaubten wir noch, und er wohl vor den Anderen, dass in Jerusalem ein Platz für beide ist: für ihn und für die Mächtigen. Dass beide eines Tages miteinander sprechen werden, sich näher kommen können und sich versöhnen: die Liebe und die Macht. Träumten wir nicht von der Verbindung zwischen beiden, dass Herrschen möglich ist mit Klugheit und mit Güte? Oder, wie Jeschua jetzt sagen würde: dass Güte so viel Kraft besitzt, dass sie auf Herrschaft ganz verzichten kann? Das war sein Traum, das war's, wofür er predigte und lehrte. Den Machtverzicht hat er gelebt bis in die letzten Stunden. Doch das kam später.

An jenem Abend wurde einer, der immer schon mein Widerpart gewesen ist, endgültig zu meinem Feind. Simon Petrus. Und mit ihm Judas Iskariot. Die beiden sahen Jeschua und mich, vielmehr: sie sahen unsere Hände und sie wussten nun:
Sie hatten ihn verloren. Endgültig. An eine Frau.
Ein Mann, der liebt, wird keinen Kampf mehr kämpfen. Befreiung von den Römern? In unerreichbar weite Ferne war dieses Ziel gerückt, zumindest würde es mit Jeschua nicht zu erreichen sein. Dafür hat er sich niemals hergegeben, doch jetzt war es für alle Zeiten klar: Jeschua kämpfte für eine andere Form von Freiheit als nur für die politische. Freisein im Inneren, das war sein Ziel für sich, für Menschen allgemein. Er wusste: ist erst der

Mensch im Innen frei, wird er im Außen keinen Anderen unterdrücken. Was müssen wir politisch sein? Die Politik der eigenen Seele friedlich zu regeln, ist doch viel wichtiger und wird nach außen gute Wirkung zeigen, die jeden Freiheitskampf erübrigt. Doch solches zu verstehen, überstieg eindeutig den Verstand des Petrus.
Ich hasste diesen Mann, ja, zugeben muss ich es: gehasst hab ich ihn abgrundtief. Nicht schäme ich mich, das zu sagen. Drei Jahre habe ich ihn ertragen, schweigend, doch seine Machtgier widerte mich an. Ich fühlte mich von ihm bedroht. Noch mehr beleidigte es mich, dass er tatsächlich glaubte, ich würde ihn nicht bis ins Mark durchschauen.

Beim letzten Abendmahl wurde dem Fischer klar: Er hatte all die Jahre ganz umsonst gehofft, war ganz umsonst mit Jeschua durch's Land gezogen bis nach Jerusalem. Und jetzt hatte sich der Rabbi an eine Frau verloren. Das durfte in Petrus' Augen nicht passieren. Der Blick, mit dem er mich an jenem Abend musterte, strahlte die größte Kälte aus, die je ein Mensch, der mir ins Angesicht geschaut, in seine Augen legte. Den ganzen Abend war er ernst, niemals umspielte seinen Mund ein Lächeln. Ich sah ihm an: er würde nicht bereit sein, die neuen Tatsachen zu akzeptieren. Kaum war's ihm möglich, die Wut auf mich zu unterdrücken, sie nicht zu zeigen und sich kühl zu geben. Kaum war das Brot geteilt, das Fleisch gegessen, der Wein fast ausgetrunken, da stand er auf und Judas mit ihm, sie gingen früh, verwundert sahen es die Anderen. Doch dachten wir uns nichts dabei, wussten wir doch, dass Petrus oft zu Launen neigte.
Spät war es, als ich von Jeschua und den Anderen Abschied nahm, um heim zu gehen in mein Haus. Der Weg würde nicht weit sein. Ich zog mir, wie es Art der Frauen ist, das Tuch tief ins Gesicht, ging durch das Tor und nahm denselben Weg zurück,

den ich Stunden zuvor zu Josephs Haus gegangen war. Die Nacht war finster. Vergeblich suchte man am Firmament den Mond.
Ich näherte mich meinem Haus. Wie war es mir vertraut, von frühen Kindertagen an! Ich sah das Tor, durch das ich oft hineingegangen war, und wusste: gleich, wenn ich klopfe, wird Stephanos mir öffnen.
Es waren nur noch wenige Schritte bis zum Haus, als ich in seinem Tor den Schatten sah. Ich wurde argwöhnisch, verlangsamte den Schritt. Diese Gestalt, wer immer es auch war, Stephanos war es nicht. Der Mann war kleiner. Ich fühlte, wie mich Beklemmung überkam. Mein Herz begann zu pochen, hart und schnell. Ich spürte es in meinem Hals und gab mir Mühe, mich zu fassen, atmete tief und ruhig und rang um Festigkeit. Was immer sich ereignen wird, ich muss zum Tor, ich muss ins Haus, warum war ich so leichtsinnig gewesen, allein zu gehen?
Entschlossen ging ich weiter.

Alles ereignete sich schnell. Ich war am Tor, versuchte vorzugeben, den Schatten nicht zu sehen. Der Mann jedoch, verhüllt auch er, ergriff mich bei den Schultern. Niemals zuvor hatte ein Mensch mich derart mit Gewalt gepackt, die Finger bohrten sich ins Fleisch, dann drehte er mich zu sich, legte die rechte Hand um meine Kehle und würgte mich, ich rang nach Luft.
Es war der Fischer Simon Petrus.
Hure, du Weib voll Niedertracht, so zischte er mir zu, ich sag es dir nur einmal: Du gehst zurück nach Magdala, woher du kommst! Du scherst dich fort, wirst morgen noch Jerusalem verlassen oder ich werde dafür sorgen, dass du die längste Zeit gelebt hast. Du lässt vom Rabbi ab, damit er machen kann, wofür wir hergekommen sind!
Er wagte es, mich zu erpressen! Er wagte es tatsächlich. Ich zog das Messer, seit Magdala trug ich es ständig im Gewand. Noch immer würgte Simon Petrus meine Kehle, doch stieß ich ihm die

Klinge so tief ins Gewand bis seine Haut die Spitze spürte. Gesagt hab ich kein Wort. Nie war mein Schweigen schneidender als damals. Ich habe meinen eigenen Stolz. Darauf, dass ich mit manchen Menschen in manchen Augenblicken nicht mehr spreche. Vernichtend kann mein Schweigen sein. Wirksamer tötet es, als jedes Messer es vermag.

Der Fischer wich zurück. Im selben Augenblick wurde das Tor geöffnet. Stephanos hatte den Lärm gehört und wollte nach dem Rechten schauen. Er sah uns beide, sah auch, was vorgefallen war, zog mich ins Haus hinein und fuhr den Fischer an: Mann, wenn du nur wenig von dem verstanden hast, was der Rabbuni lehrt, so lass die Frau in Ruhe, und achte sie, statt sie mit deiner Missgunst zu verfolgen!
Hellenenbrut! stieß Simon Petrus aus und spuckte in den Sand. Dann drehte er sich um. Die Dunkelheit verschluckte ihn. Wir sahen ihn nicht mehr.
Komm, Mariam, sprach Stephanos, ganz ruhig sagte er es, zog mich ins Haus hinein. Das Tor verschloss er gut in jener Nacht.
Als es vorbei war, löste sich die Starre, die mein Schutzschild war. Das Messer fiel mir aus der Hand, ich zitterte am ganzen Körper, schluchzte. Stephanos hielt mich fest und sprach mit mir, wie er es einst mit Mariam, dem Kind, getan: Es ist vorüber, du kannst beruhigt sein. Er wird dir nichts mehr antun, da er ja weiß, dass ich es weiß, dass er dir schaden will. Auch Jeschua wird mit ihm reden müssen. Er und der Fischer verfolgen nicht dieselben Ziele, ganz offensichtlich ist es nun. Was soll auch Petrus länger bei uns sein. Für ihn wäre es besser, zurück zum See zu gehen, zu Frau und Kindern, es wäre für uns alle wohl das Beste. So sprach an jenem Abend Stephanos zu mir. Allmählich konnte ich mich fassen, doch tief erschüttert war der Grund, von dem ich glaubte, dass er fest sei.

29 | Die Finsternis, die den Diabolos entfesselte. Wir kamen nicht zur Ruhe. Mitten in dieser Nacht klopfte ein Mann ans Tor. Ich höre es noch wie heute, dumpf hallte durch das Haus ein Pochen. Ich schrak empor, dachte zunächst an Jeschua, umhüllte mich mit einem Mantel und lief zum Tor hinunter. Stephanos war bereits dort, hatte auch schon geöffnet. Mitten im Raum stand Thomas und stieß atemlos hervor:
Sie haben ihn verhaftet!
Jeschua?
Ich fragte nicht, fast schrie ich es.
Dann hat er uns berichtet: Nachdem das Mahl zu Ende war, ging Jeschua zusammen mit den Männern in einen Garten außerhalb der Mauern. Der Name dieses Ortes ist Gethsemane. Die Nacht war finster, aber warm. Sie legten sich zur Ruhe. Auf einmal hörten sie Lärm. Plötzlich kam Judas aus der Dunkelheit hervor, der ebenso wie Petrus das Abendmahl sehr früh verlassen hatte, mit einer römischen Kohorte und einer Handvoll Tempelwächtern aus der Schar des Kaiphas. Jeschua hörte sie, trat ihnen entgegen.
Wen sucht ihr?
Judas entgegnete ihm nichts, ging vielmehr auf ihn zu und gab ihm einen Kuss.
Jeschua sagte: Judas, im Tempel wäre es leichter gewesen, mich zu verraten. Warum hast du mich damals nicht ausgeliefert? Wie sehr musst du enttäuscht sein, dass ich niemals bereit war, auf deine Art zu kämpfen.
Die anderen Männer, die im Garten bei ihm waren, Petrus war nicht darunter, konnten das, was dann geschah, kaum fassen, so schnell ging alles vor sich. Die Wächter stießen Thomas und Jakob grob zur Seite, einige Männer flohen, als sie sahen: sie waren machtlos gegen solche Übermacht. Zersprengt war nun die Herde und Jeschua im Haus und in der Hand des Kaiphas.
Mehr wusste Thomas nicht zu berichten.

Stephanos handelte entschlossen. Wir gehen zu Joseph und Nikodemus, der so wie Joseph Jeschua oft lauschte, wenn er im Tempel und am Ölberg lehrte. Beide gehören zum Hohen Rat und werden wissen, was zu tun ist.
Ich komme mit, sprach ich. Stephanos riet davon ab, doch war ich nicht zu halten.
Jerusalem ist nicht nur eine Stadt der Mächtigen. Wir hatten dort auch Freunde. Sie waren einflussreich. Doch Joseph und Nikodemus waren an jenem Abend nicht in ihrem Haus. So liefen wir zum Haus des Kaiphas, wurden aber nicht eingelassen, sondern kamen nur bis in den Hof. Dort hieß man uns zu warten. Was im Haus gesprochen wurde, wo sie Jeschua gerade verhörten, ließ sich nicht in Erfahrung bringen.

In meinem Inneren lag alles bloß. Die Angst, dass Jeschua gefoltert und getötet werden könnte von den Mächtigen ergriff Besitz von mir und lähmte mich. Seltsamerweise kam mir in diesen Stunden ein Wort von ihm in die Erinnerung, das er vor langer Zeit einmal gesagt hat:
Wer hat, dem wird gegeben. Wer aber nicht hat, dem wird das Letzte noch genommen werden.
Lange, sehr lange habe ich diese Worte nicht verstanden. Ist es nicht seltsam, dass sich uns Menschen manches erst erschließt, wenn äußerste Not von uns Besitz ergreift? Verhält es sich mit unserer Seele nicht ähnlich wie mit einem Bogen: die größte Kraft, den Pfeil mitten ins weit entfernte Ziel zu schießen, entfaltet er erst dann, wenn man ihn anspannt bis er fast zerreißt? So ging es meiner Seele damals, im Hof des Kaiphas. Ich war im Herz des Feindes, noch ärger als ich selbst war jener Mann, der Mariams Gefährte war, ihm ausgeliefert. Und doch. In diesen Stunden öffnete sich in mir ein Tor. Zu einem Verständnis, das mir vorher verschlossen war. Ganz tief in meinem Leib gab es ein Wissen, Jeschua besaß es schon, an diesem Abend wurde es auch

in mir geboren, war es für mich erlebbar, fühlbar, fassbar, drang in mich ein mit großer Macht und gab mir Kraft, auch wenn die Lage mehr als bedrohlich, ja sehr gefährlich war.
Ich wusste tief in mir: Jeschua hat etwas in Besitz. Nennt es Vertrauen oder Grund. Er war nicht gottesfürchtig, doch bewusst. Er spürte, dass die Kraft, die er das Reich oder den Vater nannte, wirklich vorhanden ist und dass er sich darauf verlassen kann, was immer auch geschieht. Wer solches hat, der kann in dieser Welt nie ganz zuschanden werden, auch wenn Bedrohung näher kommt. So wie Gefahr ihm wächst, wächst ihm auch das, was ihn beschützt. Wem dies Vertrauen fehlt, der wird zugrunde gehen, zuerst in seinem inneren Erleben, später im Außen. Zu wissen, dass Jeschua das Wesentlichste, das ein Mensch in dieser Welt erreichen kann, ganz fest besitzt, nennt es Bewusstsein des Reiches oder Vertrauen, gab mir doch Ruhe mitten in der Angst. Es trug mich durch die Stunden, in denen das Warten uns zermürbte und wir nicht wussten, was im Haus geschah.

Als ich den Kopf hob, erblickte ich – Simon, den sie den Petrus nannten. Wie viele Stunden war es her, dass er vorm Tor mir aufgelauert hatte, vier oder fünf? Er sah mich, ich sah ihn und meine Augen sagten ihm: Du, der du frei sein wolltest, nicht um des Freiseins willen, sondern um wie die Mächtigen zu herrschen, du bist durchschaut, schon längst. Bewahr uns Gott vor denen, die du wohl um dich scharen wirst, um Nutzen zu ziehen aus dem Umstand, dass du den Rabbi einst gekannt hast.
Während ich dieses noch dachte, sah ihn im Feuerschein ein Tempelwächter. Er fragte Simon Petrus: Warst du nicht auch bei jenen Männern, die Jeschua aus Nazareth, der im Moment im Haus verhört wird, um sich geschart hat?
Petrus wurde von Angst ergriffen, wehrte ab:
Nein, den kenne ich nicht, das schwör ich bei Elias! Du wirst mich wohl mit jemand anderem verwechseln!

Dann sah der Wächter Stephanos und mich und fragte uns: Und ihr? Gehört nicht ihr zu seinen Leuten?
Stephanos sah ihn an und sagte: Ja, wir sind seine Freunde. Drei Jahre zogen wir mit ihm durch Galiläa. Doch warum fragst du uns? Ist etwa Freundschaft ein Vergehen?
Der Tempelwächter wusste nichts darauf zu sagen, ließ von uns ab und ging ins Haus.
Es brach der Morgen an. Am Horizont wurde es hell. Ich hörte Hahnenkrähen.
Petrus war fort. Er war gegangen. Ich sollte ihn niemals wiedersehen. Viel später hörte ich, dass er erzählte, Jeschua sei es gewesen, der ihm den Namen Petrus – das heißt: Fels – gegeben habe.

Du, Fischer, willst ein Fels sein?

Jetzt muss ich an mich halten, dass ich nicht wieder in mein altes Übel falle, den Spott, den ich so gern und mit Genuss verbreite. Simon Petrus – ein Fels? Ist es nicht vielmehr so, dass jede Halde aus Geröll ein Hundertfaches mehr an Festigkeit besitzt als er?

30 | Jeschua, den ich nicht retten konnte vor der Welt. Ich sah ihn erst, als sie ihn aus dem Haus des Kaiphas brachten, um ihn Pilatus zuzuführen. In Ketten. Ich drängte mich nach vorne. Da sah er mich, versank mit seinen Augen in den meinen.
Mariam, du bist da?
Ja, Lieber, ich bin da.
Es war der Punkt, an dem die Ohnmacht wie ein Gift von mir Besitz ergriff. Sie lähmte mich, saugte die Kraft aus mir heraus, die ich in diesen Stunden doch so nötig brauchte. Ich hatte Mühe, mich zu halten.
Sie brachten ihn in das Prätorium. Noch hatte ich die Hoffnung nicht verloren, wusste ich doch, dass es den Juden nicht gestattet

war, Todesurteile zu fällen. Das war ein Gutes an der römischen Besatzung. Der Statthalter Pilatus war kein ungerechter Mann, man zählte ihn zu den Gemäßigten, das war bekannt. Er würde Kaiphas und den Hohen Rat besänftigen, das hoffte ich.
In einem Seitenfenster des Prätoriums sah ich Claudia, die Frau des Statthalters. Auch das gab Hoffnung. Sie kannte Jeschua, hatte am Ölberg zugehört, als er dort lehrte. War sie nicht mehrmals dort gewesen, weil das, was er sagte, auch ihr, der Römerin, viel gab? Sie würde mit Pilatus reden, Gewissheit war es mir. In diesen Stunden hielt ich mich an jede Hoffnung, die sich bot.

Als der Prozess begann, trug Kaiphas vor, was eine reine Lüge war: Jeschua wiegele das Volk auf, behaupte außerdem, er sei der Juden König und rufe auf, dem Kaiser keine Steuern mehr zu zahlen.
Da war mir klar: Sie wollten seinen Tod. Weder die Lüge noch den Betrug noch die Erpressung würden sie scheuen, um ihn ins Grab zu bringen, ihn auszulöschen ganz und gar.
Kaiphas und Matthathias und viele andere vom Hohen Rat wollten vor allem eins: ihr einträgliches Geschäft behalten, ihr Ansehen beim Volk und: dass beim Alten alles bleibe. Sie würden dafür morden müssen, wie es die Mächtigen schon immer taten. Kaiphas, Hoherpriester – gleichzeitig ein Mörder. Ein Mann, der blind war gegen seinen eignen Schatten. Er wusste ganz genau, dass Jeschua nie gegen Rom gesprochen hat. Das war ihm völlig fremd. Sogar Pilatus spürte dasselbe und sagte während des Verfahrens mehrmals: Ich finde keine Schuld an diesem Menschen und nichts, was einer Strafe würdig ist.
Als abzusehen war, dass Pontius Pilatus das Spiel, das üble, längst durchschaute und sich darauf nicht einließ, griff Kaiphas zu einer List, alt ist sie schon, und er verstand es gut, sie überaus perfide anzuwenden: die Angst zu schüren durch Erpressung. Er sagte zu Pilatus: Wenn du den Mann aus Galiläa, der sich die Königswürde

anmaßt, nicht kreuzigst, bist du kein Freund des Kaisers mehr! Das saß. Ich sah, wie Pontius Pilatus, nicht ungut war er, aber schwach, sich angesichts der Drohung nicht zu helfen wusste. Fassungslos war ich. Dass Priester einen Staat erpressen können, niemals hätte ich das geglaubt, wäre ich nicht damals Zeugin gewesen mit eigenen Augen, eigenen Ohren. Wo wird die Welt nur enden, wenn solches möglich ist?

Pilatus fragte Jeschua: Bist du ein König?
Ich hielt den Atem an. Die Antwort, die nun folgen würde, entscheidet alles: ob er es überleben oder ob er sterben wird, ob ich ihn jemals wiedersehe oder wir ihn begraben müssen, ob jenes Reich, von dem er oft erzählt hat, verlässlich ist oder nur Traumgespinst.

Jeschua entgegnete Pilatus: Du sagst es! Ich bin ein König wie jeder König ist, der fühlt, wie sehr er eins ist mit dem Kosmos, unserem Vater.

Niemand verstand den Satz. Ach, unser altes Schicksal, dass wir dasselbe sagen und doch ganz Unterschiedliches meinen! Jeschua war den anderen Menschen derart weit voraus, dass es sie überforderte, ihn zu verstehen.
Die Menge antwortete mit einem Raunen. Auch Pontius Pilatus war verwirrt.
Oft hab ich mich seit jenem Tag gefragt, warum der Rabbuni diese Antwort gab. Warum er die Frage des Pilatus nicht einfach verneinte. Ich glaube heute, dass ich die Antwort weiß: Jeschua war treu. Bis in die Tiefe seiner Seele war er vor allem eins: verlässlich. Nicht weil er groß sein wollte. Nichts lag ihm ferner, als ein Held zu sein. Nein, er, der Vaterlose, vom unbekannten Vater einst verlassen, scheute den Vaterverrat. Den Verrat am Reich. Er wollte ihm die Treue halten, wie er es selbst von dem Mann, der

ihn zeugte, nicht erfuhr. Indem er treu zum Reich stand, das er oft »Vater« nannte, heilte er seine Seele, die tief verwundet war. Und es gelang ihm, doch: Um *was* für einen Preis!

Pilatus versuchte noch ein letztes Mal, Jeschuas Freiheit zu erwirken. Hunderte Menschen standen im Hof seines Prätoriums. Da besann er sich auf einen alten Brauch, nach dem am Pascha die Besatzer einem Gefangenen die Freiheit schenken. Man brachte Barabbas heraus, des Mordes angeklagt an Römern. Pilatus kämpfte gegen Kaiphas, das war zu sehen. Hoffte darauf, das Volk der Juden würde vielleicht anderer Meinung sein als dieser. Und deshalb fragte er: Wem soll ich anlässlich des Paschafestes die Freiheit schenken? Jeschua oder Barabbas?
Ich sah mich um. Sah die Gesichter, die messiassüchtigen. Musste begreifen: Sie wollten seine Kreuzigung. Sie brauchten einen Sündenbock, dem sie den Schmutz der eigenen Seele anhängen konnten, um selber sich befreit zu fühlen. Den Anderen töten und sich selbst entlasten. Die Erbschuld. Hier wurde sie Ereignis. Schon hörte ich sie rufen: Barabbas, befreie Barabbas!
Da musste ich begreifen: Jeschua, Mariams Liebe, ist dem Tod geweiht.

Was dann mit ihm, mit mir geschah? Schwer fällt mir die Erinnerung, dabei sind wenige Wochen erst seit jenem Tag vergangen.
Jeschua wurde abgeführt.
Ich wiederum fiel in mein altes Übel, Grundlosigkeit, hinab. Das Ungeheuerliche dessen, was ich gesehen hatte, trieb einen Keil in mein Erleben. Furchtbares sah ich noch an diesem Morgen, doch hörte ich auf, es zu empfinden. Etwas in mir war tot, gestorben wie ein dürres Reis, das Leben wich aus mir heraus, auch wenn mein Herz noch schlug.
Ich kämpfte mich durch eine große Menschenmenge. Ich sah die

Lust in ihren Augen, fassungslos hab ich erkannt, wie Menschen es genießen können, den Mitmenschen zu quälen. Welchen Diabolos hat uns ein Gott, das Reich, in unsere Seele eingepflanzt, dass solches möglich ist? Ich war nicht fromm, war ganz gewiss kein guter Mensch, spottete auch manchmal gern, von daher muss ich einen Spiegel vor mich selber halten. War doch auch ich nicht frei von jedem Vorwurf gegenüber Anderen. Doch müssen wir uns, wenn wir urteilen, nicht wenigstens an Dinge halten, die tatsächlich geschehen sind? Ein Unrecht ist ein Unrecht. Solches ereignet sich. Man darf es auch beim Namen nennen, darf fordern, dass der, der es begangen hat, Verantwortung für seine Untat übernimmt. Doch einen Menschen zum Tode zu verurteilen, der schuldlos ist, jemanden vernichten nur aufgrund von Lügen und – das ist verwerflich: um eigene Macht zu wahren – das konnte ich nicht fassen. Das Nein stieg wieder in mir auf, die Weigerung, in dieser Welt zu leben. Gefährlich näherten sich Jeschua, aber auch ich mich einem Abgrund. Er war bedroht von seiner äußeren Welt, ich von der inneren in mir.

Sie führten ihn heraus, die Haut von Geißelstriemen überzogen, mit aufgeplatzten Wunden und einem Dornenkranz auf seinem Haupt. Die langen Dornen hatten sich unter die Stirn geschoben. Blut lief ihm ins Gesicht und in die Augen. Er trug den Querbalken des Kreuzes gebunden an die beiden Arme.
Ich sah ihn, wollte schreien, blieb nur mit Mühe stumm. Ich tötete mich ab, kämpfte mich weiter durch die Menschenmenge, um ihm so nah zu bleiben, wie es möglich war. Durch ihre grinsenden Gesichter, durch den Gestank aus ihren Mündern, die ungewaschenen Kleider und ihre Gier, sich zu ergötzen an des Anderen Leid. Sie lärmten und sie schrien: Kreuziget ihn!
Ein zweites Mal sah Jeschua zur Seite und erblickte mich:
Mariam, du bist da?
Ja, Lieber, ich bin da.

Als er zusammenbrach, befahlen die Soldaten einem fremden Mann, später erfuhr ich, er stammte aus Cyrene, den Balken bis nach Golgotha zu tragen. Mit letzter Kraft schleppte sich Jeschua bis an den Ort, wo alles endete.

Hinter den Mauern steht das Gerüst. Sie nennen diesen Hügel Golgotha, die Schädelstätte. Das Einzige, was hier lebt, ist Tod. Der Tod der Anderen. Wen sie nicht bei sich haben wollen, den werfen sie aus ihren Mauern, lassen ihn außerhalb verenden. So vieles quälte mich in diesen Stunden, auch die Erkenntnis: So und nicht anders sind wir: das Tier, das sich den Namen »Mensch« gegeben hat. So bin auch ich. Ist's unser Schicksal, dasjenige, was wir als abträglich empfinden, aus uns herauszuwerfen? Ein Leben lang hatte ich damit gerungen, das Unerträgliche entweder zu ertragen, so lange ich es vermochte, oder zu sehen, dass ich Entfernung legte zwischen mir und dem, was mich zerstörte. Nein, niemals hatte ich jemanden getötet, höchstens im Geiste, nur in meinem Zorn. War immer nur gegangen, oftmals schweigend, wenn Unerträgliches mich allzu sehr bedrohte. So wie auch Jeschua eine Bedrohung war für Kaiphas und für Matthathias. Und deshalb bei der Schädelstätte enden musste.
In jenen Stunden bin ich fast zerbrochen an dem Faktum, dass ich ein Mensch bin, nicht über allem stehen kann gleich einem Gott. Dass ich verneinen muss, Zwiespalt und Zweiheit mich zu zerreißen drohen, wieder und wieder. Dass ich zu einer Existenz verurteilt bin, die es unmöglich macht, das Leben zu bejahen, ganz und gar. Bejahen kann ich nur humanitas, doch nicht ihr Gegenteil. Will's nicht bekämpfen, doch kann ich es auch nicht ertragen, muss es verneinen und verlassen.
Nur der Abscheuliche kann den Abscheulichen besiegen. Nur er kennt seine Niederträchtigkeit, muss ihr mit größerer Niedertracht begegnen.
Eins will ich nicht: Den Feinden ähnlich werden. Lieber verlass' ich sie.

Doch wer ist denn mein Feind, wo ist er – wenn nicht auch in mir? Kann ich mich selbst verlassen? Ich spüre Kaiphas auch in meinem Wesen, den Drang, die eigene Haut zu retten, wer hat ihn nicht?
Wer ist denn gut? Wer ist denn böse? Und wer kann Antwort geben, eindeutige, auf diese Fragen? Die Klarheit war fort, an der ich mich so lange festgehalten hatte. Nun war ich ausgeliefert, ausweglos.
Wie unentrinnbar ist der Mensch sich selbst! Wohin mit mir, dem Unkraut Mariam?

Bei Golgotha schrieb sich diese Erkenntnis in aller Schärfe in mich ein, vernichtete mich fast, doch standhalten wollte ich, wie sehr sie mich auch quälte.
Die Kraft zum Widerstand ließ nach, nein, vielmehr war es, als werde sie mir fortgenommen.

Mariam sah ich, die Mutter. Sie weinte. Neben ihr standen Ioanna und Jakob. Ich ging zu Mariam. Hilflos hielten wir uns aneinander fest. Gern hätte ich ihr Trost gegeben, wurde doch Fleisch von ihrem Fleisch gequält. Doch nichts mehr hatte ich, was ich ihr geben konnte. Nur meinen Arm. Als sie mich anschaute, las ich in ihren Augen, dass sie bereit war, nun ihren Sohn an mich zu übergeben. Als wenn ihn das noch retten könnte.

Inzwischen hatten die Soldaten Jeschua aufs Holz gelegt. Es krachte, als sie die Nägel durch die Knochen seiner Hände tief in das Holz des Kreuzes trieben. Er brüllte wie ein Lamm, das man zur Opferung ersticht. Schon längst war er kein Mensch mehr, nur noch ein einziger Schrei, als sie das Holz aufrichteten und auch durch seine Füße Nägel trieben. Der Schmerz, den das Gewicht an seinen Nagelwunden riss, nahm ihm den Atem.

Ich war am Ende. Meines Mitgefühls. Mit denen, die den Schmerz im eigenen Fleisch nicht spüren, wenn sie den Nagel schlagen in des Anderen Leib.
Auf einmal erkannte ich, langsam, quälend langsam: das, was ich eben fühlte, ist ein Paradoxon!
Es wurde mir bewusst, mit einem Schlag. Da brach mein Inneres zusammen: Ich will nicht länger Mensch sein, Gefangene des Zwiespalts, nein, ich will es nicht. Und wortlos schrie ich: Vater, vergib mir, dass ich Nein sage zu dir und zu allem, was du geschaffen hast!
Da fühlte ich, wie mir Schwäche in den Leib hineinkroch, einer Schlange gleich, und langsam aus meinen Beinen die Kraft wich.

Mariam, die Mutter, zitterte am ganzen Leib. Auf einmal schrie sie. Seinen Namen. Den Namen seines Vaters. Niemals zuvor hatten wir ihn gehört.
Jeschua aber kannte diesen Mann. Als er den Namen hörte, war es die Antwort auf die Frage seines Lebens:
Jeschua, Nazarener, wer ist dein Vater?
Er schluchzte. Nicht mehr war zu erkennen: ob er es tat vor Schmerz oder vor Trauer. Beides war eins. Dann schrie er:
Warum hast du mich verlassen?
Das Blut der Wunden tropfte, färbte die Steine rot. Geröll lag unter seinem Kreuz.
Ein letztes Mal begegneten sich unsere Augen.
Mariam, du bist da?
Ja, Geliebter, ich bin da.
Dann fiel sein Kopf nach unten.
Und ich versank in Dunkelheit.

## 31

Als ich erwachte, war es heller Tag. Ich lag auf meinem Lager, war allein. In einem hinteren Teil des Hauses hörte ich Geräusche, doch konnte ich nicht deuten, was dort vor sich ging. Nach einer Weile trat Lea in den Raum. Ich schloss die Lider, gab zu schlafen vor. Es war das erste Mal, dass ich nicht sprechen wollte. Auch nicht mit ihr, der lang Vertrauten. Sie ging, ich war erneut allein. Betrachtete die weiß getünchten Wände, das grobe Holz der Balken über mir. Ich lebte, das war offensichtlich, aber ich fühlte nicht, dass es so war. Da gab es eine Frau mit Namen Mariam, gleichzeitig gab es sie nicht, ganz eigenartig war es. War da nicht auch ein Mensch gewesen namens Jeschua? Nur zögernd ließ ich die Erinnerung zu. Schreckte zurück vor ihrer Stärke, vor dem in ihr enthaltenen Schmerz. War's gestern oder war es schon vor langer Zeit, dass er und ich zusammen sprachen, zusammen aßen, vieles erlebten, gemeinsam? Waren die Jahre, die ich mit ihm verbrachte, vielleicht ein Traum, ein ferner, glücklicher, aus dem ein böses Schicksal mich herausgerissen hatte? Zwar war mein Geist noch fähig, Jeschuas Bild zurückzuholen, doch konnte ich nicht fühlen, was ich empfunden hatte damals, als wir zusammen in Galiläa waren und in Jerusalem. Was war das noch mit ihm und mir, was hatte sich ereignet in den letzten Tagen, Stunden, warum das Kreuz für einen Menschen, der sanft gewesen ist wie Jeschua?

Was war mit mir geschehen? Ich fühlte nichts, nur dass man etwas von mir abgeschnitten hatte, merkte ich, wenn ich auch sah, dass ich noch alle Glieder an mir hatte und sie bewegen konnte. Dennoch: so unvollständig, so fremd mir selber war ich nie gewesen. Ich spürte: Nun muss ich es denken. Was musst du denken, Mariam? Fängt doch die Wirklichkeit, die harte, immer mit Denken an, wenn Fühlen uns unmöglich ist.
Der, den ich so sehr geliebt, ist nun nicht mehr. Auf mich wartet ein Leben, in dem es Jeschua, Sein meines Seins, nie wieder geben wird. Undenkbar war's. Als der Gedanke zur Gewissheit wurde, tauchte ich ab ins Dunkle. Wie schon so oft, rettete mich

erneut das Wort, das mich am Leben hält, wenn alles für mich unerträglich wird. Es lautet: Nein!
Alles, was mir etwas bedeutet hatte, war nun verloren: Jeschua und auch das, wofür er stand. War es nicht Einfalt, dass ich geglaubt habe, bis zuletzt geglaubt habe, seine Feinde würden Recht walten lassen, auch in ihrem Zorn? Würden ihn, uns, nicht vernichten, nicht bis zum Äußersten gehen, um eigene Macht zu wahren? Wie blind bin ich gewesen, dass ich so lange nicht habe sehen wollen, dass es von Anfang an um eine einzige Frage ging: Er oder sie?

Hinabzusteigen in das Totenreich, war meine Sehnsucht. Ich wollte leben nur mit Jeschua, doch nicht mehr ohne ihn. Was hält mich, was ist lebenswert in meinem Leben, wenn er nicht ist, wenn ich mein Leben nicht mehr mit ihm teilen kann?

Es dämmerte, und Stephanos trat ein. Er holte einen Schemel, setzte sich zu mir an mein Lager.
Mariam? fragte er. Behutsam sprach er meinen Namen aus.
Ich sah ihn an wie einen Fremden. Zwar wusste ich in meinem Geist, Stephanos ist es!, doch war ich wie hinter einer Wand gefangen und konnte nicht mehr sprechen.

Mariam? noch einmal nannte er fragend meinen Namen.
Und wieder schaute ich ihn wortlos an, gleich einer Stummen.
Dann ging er, kam nach einer Weile wieder, mit einer kleinen Schüssel in der Hand.
Mariam, iss' dieses hier.
Ich öffnete den Mund und tat, wie mir geheißen wurde, pilzartig schmeckte der Brei und süß wie damals, wann war es noch gewesen?

Ich schwebte fort. In eine andere Welt. Jenseits von Zeit und Raum, jenseits von allem, was ich kannte, stieg ich hinab ins

Reich des Todes. War dort nicht Charon und die Fähre, die mich hinüberbringen würde in die Welt, die nun auch Jeschuas Heimat ist? Ich ließ mich fallen, leichter ging es jetzt. Was hat mich einstmals Angst gequält! Nein, Angst spürte ich nicht mehr. Alles hab ich erlebt, was man erleben kann, das Schönste und das Schrecklichste. Auch nicht das Sterben schreckte mich, wundersam leicht ging es, war eine Wohltat für die Seele, sanft glitt ich in die andere Welt. Wie sehr sie sich doch irren, wenn sie den Hades dunkel nennen! Hell ist der Tod und freundlich, so wie das Leben dunkel ist und grauenvoll.
Ich glitt hinab und glaubte, es gebe nichts mehr, was ich noch fürchten müsse. Ein Irrtum war's. Ich habe nicht gewusst, wie sehr der Mensch, wie sehr ich selbst mich gegen Trauer wehre. Viel schmerzlicher als Sterben, als jenes sanfte Gleiten in die andere Welt, ist der Verlust des Menschen, den man liebt. Den ich einst liebte. Den Schmerz um ihn habe ich ausgesperrt, doch brach er in mich ein, zuletzt, setzte mir zu, bis ich gestattete, dass er von mir Besitz ergriff.

Ich stand am Ufer, schaute hinüber, suchend. Sah Schatten, ungezählte. Einer von ihnen löste sich, kam aus der Menge auf mich zu.
Frau, warum weinst du? Und wen suchst du?
Noch konnte ich nicht sehen, wer es war.
Da rief er mich bei meinem Namen: Mariam!
Und ich erkannte ihn: Rabbuni!
Ich streckte meine Hände nach ihm aus, wollte ihn fassen. Nicht nur der Fluss lag zwischen uns, auch wich der Schatten aus, entzog sich mir.
Mariam, rühr mich nicht an!
Fassungslos war ich, warum weicht er zurück, der mir vor Tagen noch gesagt, er sei ein Mensch, mit mir gemeinsam?
Als er entwich, hörte ich leise seine vertraute Stimme:

Mariam, nur wer bereit ist, das Leben zu verlieren, wird es gewinnen.

Die Botschaft traf mich bis ins Mark. Es würde kein Entrinnen geben. Dass ich ihn endgültig verloren hatte, hat mir die letzte Kraft geraubt. Alles, woran ich jemals mich gehalten hatte, war fort. Dann kam der Schmerz. Er drohte erst, mich zu vernichten. Dann hat er mich erlöst.
Geh hin, sagte ich leise zu der entschwindenden Gestalt. Zu Jeschua. All meine Zärtlichkeit, die ich für ihn empfunden habe, jemals, gab ich in diese beiden Worte.
Dann weinte ich. Das Schluchzen schüttelte mich stundenlang, nicht mehr zu halten waren meine Tränen, so abgrundtief war meine Trauer über seinen Tod. Auch über den der Mutter und all der Menschen, die ich einst geliebt und oftmals selbst verlassen hatte, weil meine Seele sie nicht mehr ertrug. Die zwar noch lebten, aber still gestorben waren in meiner inneren Welt.
Nach Stunden, als mein Geist sich wieder klärte, Nacht war es schon, sah ich in das Gesicht des Arztes, noch immer harrte er an meinem Lager.
Stephanos! Weinend rief ich seinen Namen und griff nach seiner Hand.

## 32

Die Nacht war sternenklar und hell schien Mondlicht in mein Schlafgemach. Ich spürte wieder Grund in mir. Auch Stephanos sah es.
Mariam, rief er leise, als ich hinaufgestiegen war aus meiner inneren Unterwelt, Mariam!
Ich schaute ihn an und lächelte, wenn auch mit Tränen in den Augen.

Dann kam der Satz, der meine Welt veränderte.
Mariam, Jeschua ist nicht am Kreuz gestorben. Er hat es überlebt.

Ungläubig schaute ich ihn an, den alten Freund und Lehrer.
Ja, sagte Stephanos. Und dann erzählte er, was sich ereignet hatte seit Gethsemane.
Weißt du noch, Mariam, wie wir an jenem Abend vergeblich Joseph und Nikodemus suchten?
Ja, ich erinnere mich gut.
Sie waren nicht mehr anzutreffen, weil sie zur selben Stunde bei Pilatus waren. Ein anderer Ratsherr hatte ihnen verraten, dass Kaiphas Jeschua festnehmen lassen wollte, um ihn Pilatus zur Kreuzigung zu übergeben. Da handelten Joseph und Nikodemus schnell und entschlossen, sprachen beim Statthalter vor und baten ihn, wenn diese Kreuzigung ganz unvermeidbar sei, sie wenigstens am Vortag des Sabbats durchzuführen. Die Kreuzigung darf einen Sabbat nicht entweihen. So gab es einen Grund, den Körper noch am selben Tag vom Kreuz herab zu nehmen. Pilatus solle als Zweites doch dafür Sorge tragen, dass Jeschua die Schenkel nicht gebrochen werden und Joseph den Körper des Gekreuzigten noch am Abend durch seine Diener holen darf.
Pilatus sagte beides zu, weil Joseph dafür zahlte, und zwar nicht wenig. Du weißt ja: man kann von einem Prokurator alles haben, wenn man mit Geld nicht geizt.
Als sich dein Geist verdunkelte, hat dich Jakob aufgefangen und in dein Haus gebracht. Ich selbst blieb bei der Schädelstätte, sah auch, wie einer von den römischen Soldaten Jeschua in die Seite stach, aber nicht tief. Er wollte sehen, ob der Gekreuzigte den Stich noch spürte oder bereits tot war. Doch Jeschua war umnachtet; er regte sich nicht mehr. Ich sah, dass etwas Blut herauslief, in kleinen Stößen. Da wusste ich: er ist nicht tot, schlägt doch das Herz noch. Genau hatte der Hauptmann nicht gerade hingeschaut, sonst hätte er es auch gesehen.
Dann gaben die Soldaten den Dienern Josephs die Erlaubnis, den Körper abzunehmen. Ich half dabei. Auf einer Trage brachten wir ihn in das Grab, das Joseph schon vor langer Zeit für seinen

eigenen Tod erworben hatte. Die Diener rollten einen Stein davor und wachten draußen. Joseph und ich blieben mit Jeschua im Grab allein. Wir machten uns ans Werk. Schon vorher hatte Joseph Krüge mit Wasser, ferner Brot, Myrrhe und Linnen durch seine Diener dort verstecken lassen. Wir wuschen Jeschuas Wunden und salbten sie mit Myrrhe, verbanden seinen ganzen Leib. Der Schmerz der Myrrhe in den Wunden holte ihn in die Welt zurück. Er wurde wach, erkannte uns sogleich. Einige Stunden später, im Schutz der Nacht brachten ihn Josephs Diener auf einer Trage in das Haus, wo ihr vor zwei Tagen das Paschamahl gegessen habt. Dort liegt er jetzt versteckt in einem hinteren Raum. Er ist bei Kräften, wenn auch die Wunden schwer sind.
Den Rollstein des Grabes schoben die Diener noch in der Nacht zurück vor's Grab, so dass es aussah, als sei die Totenruhe nicht gestört. Noch glauben alle, der Nazarener Jeschua sei gestern am Kreuz gestorben. Sie werden es wohl weiter glauben, solange niemand von ihnen das leere Grab entdeckt.
Dennoch wird es das Beste sein, wenn Jeschua so bald wie möglich Jerusalem verlässt. Kaiphas wird ihn mit Sicherheit ein zweites Mal gefangen nehmen, wenn er erfährt, dass Jeschua am Kreuz nicht starb.
Mariam, Jeschua lebt und er wird weiterleben können. Wir gehen morgen zu ihm, wenn es Tag wird.

Das sagte Stephanos in jener Nacht zu mir. Als er gegangen war, durchströmte meinen Körper eine ganz unbekannte Wärme und ein Gefühl von Leichtigkeit, beschreiben können werde ich beides nie.
Die Welt, das Leben, hab ich überlebt. Hell wurde es für mich, als meine Nacht durchschritten war.

## 33

Im Morgengrauen machten wir uns auf den Weg. Lea ging mit uns. Sie hatte Wein und Spezereien im

Gewand. Sie ist eine stille Frau. Wie immer, wenn sie einen Menschen in ihr Herz geschlossen hat, gibt sie sich große Mühe, aufs beste für sein Wohl zu sorgen.

Kurz war der Weg zu Josephs Haus. Ganz anders fühlte ich mich jetzt als damals – wie lange war es her, drei Tage erst? –, als ich dieselben Straßen ging, um dort mit Jeschua und seinen Männern das Paschamahl zu essen.
Befreit war ich von der Bedrückung, die mich damals quälte. Geklärt hatte sich alles. Vorüber war die Zeit, in denen sich die Dinge ähnlich zusammenbrauten wie es die Wolken vor einem Gewitter tun. Unmöglich ist es, ihnen zu entgehen, und noch unmöglicher, sie zu beherrschen.
Alles schwingt. Mal gibt es Zeiten, die sind leicht, Leben gelingt, gleitet dahin, geht von alleine seinen Gang. Dann steigen Spannungen empor. Sie steigern sich zu einer Krisis, sie werden unerträglich, drohen uns zu vernichten. Blitze zucken vom Himmel. Wer jetzt kein Haus hat, befindet sich in tödlicher Gefahr.
Doch alles geht vorüber.
Ich spürte wieder Grund in mir, fest war der Boden unter meinen Füßen.
Beim Haus des Joseph klopfte Stephanos, meldete unsere Ankunft mit dem Zeichen, das nur die Eingeweihten kannten. Joseph kam selbst zum Tor und öffnete. Er führte uns in jenen Raum, wo er zu speisen pflegt, wenn Gäste kommen. Am Tisch wartete bereits ein Mahl auf uns. Doch wollte ich nicht essen.

Komm mit mir, Mariam, sprach Joseph und ging in einen weiter hinten gelegenen Teil seines Hauses. Dann deutete er auf eine Tür.
Geh zu ihm. Er erwartet dich.
Ich stand vor dieser Tür. Zögernd und voller Angst, das, was man mir berichtet hat, könne vielleicht doch eine Täuschung sein.

Den Riegel schob ich beiseite, ging hinein.

Dann sah ich ihn. Sah alle Wunden, die die Welt ihm schlug.
Jeschua, Mensch, Messias nicht, noch Judenkönig.
Verletzt. Aber geheilt. Von sich.
Mariam! rief er.
Rabbuni!
Wie gerne nenne ich ihn meinen Lehrer, hat mich das Leben doch so viel gelehrt, seitdem ich ihm begegnet bin.
Ich setzte mich und nahm behutsam seine Hand. Wie haben wir es stets geliebt, wenn unsere Hände sich suchten und sich fanden!

Dass du bei mir warst, sagte er leise, bis ganz zuletzt bei mir warst, hielt mich am Leben.
Ich sagte nichts darauf. Ich weinte. Erleichtert war ich, und Dankbarkeit durchströmte jede Faser meines Leibes.
Er hatte wirklich überlebt. Ich sah's mit meinen eigenen Augen. Ich hörte seine Stimme und hielt in meinen Händen seine Hand, deren Linnen von Blut durchtränkt war.

Furchtbar hatten sie ihn geschunden. Gesicht, Arme und der ganze Leib waren voll tiefer Wunden, Hände und Füße durchbohrt, wenn Stephanos auch seine ganze Kunst darein gegeben hatte, zu richten, was noch zu richten möglich war.
Sie wollten ihn am Handeln hindern und am Fortschritt, nicht wissend, dass der, dem man Gewalt antut, in seinem Geist viel stärker wird als Hände jemals werden können. Dass er viel weiter kommt, als Füße tragen. Jeschuas Botschaft wird sie alle überleben, Petrus, Kaiphas und Matthathias, Pilatus, die Soldaten. Ich ahnte damals: zwar wird es langsam gehen, doch unaufhaltsam sein.

Wir waren unruhig. Wie zuverlässig war der Kreis der Menschen, die darum wussten, dass Jeschua nicht tot war? Stephanos

drängte zum Aufbruch, doch war da eine Frage: wie man denn einen Gekreuzigten, der schwer verwundet ist und dessen Füße ihn nicht tragen können, von Wachen unbemerkt aus einer Stadt herausbringt?
Lea wusste helfenden Rat: Wir färben ihm Haupthaar und Bart mit weißer Asche, so dass er aussieht wie ein alter Mann. Dann binden wir ihm Hände und Füße in der Art, wie es die Aussätzigen mit ihren faulen Stümpfen tun. Holt einen Esel und lasst ihn Jeschua als Reittier dienen. Du, Mariam, führst morgen, wenn der Tag anbricht, den Esel aus der Stadt heraus. Jeschua soll sich beugen wie ein Greis, so dass die Wachen denken, du führest deinen alten, kranken Vater aus der Stadt. Niemand wird euch beachten.
Und so geschah es. Des Morgens erste Stunden waren angebrochen. Ein scheinbar alter Mann auf einem Esel, von einer Frau geführt, verließ den Hof des Joseph, kam unbehelligt durch das Tor. Gelungen war die Täuschung, denn niemand würdigte uns eines Blickes. Wie kostbar ist doch Unauffälligkeit. Ich zog den Esel bis nach Bethanien, zum Haus von Lazarus und Martha. Jeschua hielt es aus, wenn's ihn auch sehr erschöpfte. Lea und Stephanos gingen voraus, an diesem Tag und allen anderen, die auf ihn folgten. In allen Herbergen, die Stephanos am Abend für uns suchte, war Platz für uns. Und für das Tier.
Martha kümmerte sich fürsorglich um Jeschua, so wie es immer ihre Art war. Wir blieben einige Tage in Bethanien, um Kraft zu schöpfen für die weite Reise, die nun vor uns lag. Und für die Abschiede. So viele Abschiede.

In jenen Tagen sahen wir Thomas, den Freund, ein letztes Mal. Von Joseph hatte er erfahren, welches das Ziel der ersten Tagesreise war. Er wollte Jeschua noch einmal sehen, bevor sich unsere Wege trennten. Dabei erzählte er, dass man das leere Grab

bereits entdeckt hatte. Kaiphas war außer sich und sehr verwirrt, weil er nicht wusste, was davon zu halten sei. War der Gekreuzigte etwa am Leben geblieben oder war es ein Wunder, das keiner fassen konnte?
Thomas erzählte außerdem: Überall verkünde Simon Petrus, der Rabbi sei tatsächlich von den Toten auferstanden.
Ich lachte schallend.
Simon Petrus? Wer war noch Simon Petrus?
Hörte ich jemals seinen Namen?

Wir brachen auf. Zunächst nach Jericho, dann durch das Jordantal. Abschied von Lazarus und Martha. Wir werden sie nie mehr wiedersehen.
So viele Kreise schlossen sich. Es war am Jordan einst, dass ich zum ersten Mal den Mann aus Nazareth gesehen habe. Drei Jahre ist es her. Mein ganzes Leben lebte ich seither, mein eigentliches Leben. Alles, was vorher war, bedeutete mir nichts mehr im Vergleich mit dieser Zeit.
Ich war alt geworden und hatte viel erlebt. Manchmal war's mehr als ich ertragen konnte. Seit Bethsaida sind meine Haare weiß. Das ist seltsam. Ich hatte alles aufgegeben, sogar die Farbe meiner Haare. Einstmals waren sie schwarz, glänzten wie Blutstein in der Sonne. Ich hatte alles hergegeben, doch nichts verloren, das ist ein Unterschied und eigenartig ist er: ich hatte, als ich alles aufgab, alles gewonnen.
Die Welt ist groß genug, meine eigene Welt in ihr zu finden.

In jenen Tagen fragte ich Stephanos, der Worte eingedenk, die wir vor langer Zeit in Bethsaida sprachen:
Stephanos, hat Jeschua die Welt erlöst durch seine Kreuzigung?
Nein, hat er mir erwidert, der weise Alte, der die Menschen kannte: Nein, Jeschua hat nicht die Welt erlöst. Er hat sich selbst erlöst. Und das ist mehr als eine Welt.

Weit war die Reise bis zum See. Beschwerlich war sie, vor allem für den Mann, den sie gekreuzigt hatten. Doch Jeschuas Genesung schritt voran. Als ich den See erblickte, an dem ich aufgewachsen bin, kam ich zur Ruhe. Hinter Tiberias liegt Magdala. Stephanos ging voraus, Isokrates von unserem Kommen zu berichten.
Der Vater wollte mich nicht sehen. Weil ich von einem Mann begleitet wurde, den ich mir selber ausgesucht, nicht er, Isokrates. Es ließ mich kalt. Was soll auch ich, die ich lebendig bin, bei einem Toten?
Viel schmerzlicher war es, Lea und Stephanos in Magdala zurückzulassen. Lea wird für die Wirtschaft sorgen, wie sie's von früher her gewohnt ist. Stephanos wird Magdala verlassen, geht bald nach Sepphoris, vielleicht zurück nach Hellas. Mir standen Tränen in den Augen, als wir von beiden Abschied nahmen, die mir Vater und Mutter gewesen sind, viel mehr als jene beiden Menschen, die mir das Leben gaben.
Lange wird's dauern, bis dieser Schmerz mich nicht mehr quält.

## Jetztzeit. Neue Zeit

Die Straße nach Kafarnaum liegt hinter uns. Beim zweiten Mal gehen Jeschua und ich den Weg gemeinsam.
Damaskus ist das nächste Ziel.
Vor uns im Staub kriecht eine Schlange. Ich liebe diese Tiere. Ihre Geschmeidigkeit und Glätte, die feine Zeichnung ihrer Haut, die große Klugheit in den Augen.
Auch Jeschua beobachtet das Tier. Er schaut zu mir herüber. Wir lächeln. Sein Blick ist voller Wärme. Wenn wir einander anschauen, erreicht unser Erkennen eine Tiefe, in die das Wort nicht mehr reicht.
Zweisein führt ins Paradies.
Und der Weg nach Osten.